London, Blue Plaque

●

◆

블루 플라크,
스물세 번의 노크

어느
예술가 부부의
아주 특별한
런던 산책

송정임＋김주관 지음 :: 송정임 그림

**뿌리와
이파리**

들어가며 006

Westminster 웨스트민스터

kensington & Chelsea 켄싱턴 & 첼시

Lambeth 램버스

들어가며

우리는 어디로든 떠나고 싶었다.

무명밴드에서 베이스 기타를 치던 남편과 미대를 졸업했지만 여전히 무엇을 그려야 할지 모르던 아내의 신혼은 내일이 두렵기만 한 불안한 하루들이었다. 그러고 보니 꿈이 있었다. 생각해보면 많기도 했던 그 꿈들. 버스기사, 아버지, 어머니, 시인, 로커, 화가, 그냥 돈 많은 부자. 변화무쌍하게 이름을 바꾸어가며 변화했던 꿈들이었지만 희한하게도 항상 단 하나의 바람이었다.

'멋진 인생을 살고 싶다!'

그러나 2002년의 우리는 멋진 인생과 거리가 먼 생활을 하고 있었다. 음반을 준비하고 있던 남편의 밴드는 일이 제대로 풀리지 않아 해체되고, 아내는 대형미술 제작소를 기웃거리며 손재주로 연명하고 있었다. 우리는 삶이 손가락 사이로 술술 빠져나가고 있는 것처럼 느꼈다. 그래서 떠나고 싶었다. 어디로든…….

영국행은 그저 우연의 결과였다. 처음엔 막연히 미국으로 가야겠다고 생각했지만 준비하는 과정에서 우리가 가진 돈으로는 갈 수 없는 나라라는 결론이 내려졌다. 그래서 파트타임 일을 할 수 있는 영국이 된 것이다. 영어가 어느 정도 늘면 일을 구할 수 있을 테고 그렇게 되면 어떻게든 살아갈 수 있을 거라고 생각했다.

영국에 온 뒤 처음 몇 달간은 어학원 수업이 끝나자마자 밖으로 나가서 여기저기 열심히 구경하며 돌아다녔다. 한국에서 사온 관광가이드 책과 『A to Z』라는 런던 지도책을 함께 들고 유명한 관광명소들은 빠짐없이 훑고 다녔다. 영국의 역사를 품고 있는 그 아름다운 장소들은 우리를 포함한 수많은 관광객들을 마치 영국 여왕 같은 기품을 가지고 맞이했다. 우리는 설렘 속에서 그것들을 우러러보기도 하고 찬탄을 쏟아내기도 했다. 그러던 어느 날 남편이 런던의 오래된 건물들을 계속 보고 있자니 지나치게 잘 꾸며진 느낌이 든다고 말했다. "결국 다 똑같아 보인다"고 하면서 말이다. 그리고 여왕의 궁전을 찾아간 날 아내는 '대영제국 여왕의 삶이 내 삶하고 무슨 상관이 있는 거지?'라고 생각했다. 우리는 뭔가가 부족하다고 느끼고 있었다. 영국은 우리가 바라던 멋진 인생의 시작이어야 했다. 그러나 관광명소를 아무리 뒤지고 다녀도 그 다른 인생으로 들어가는 문을 찾을 수는 없었다.

2005년, 런던의 지하철과 버스에서 폭탄이 터지는 테러 사건이 일어났다. 당시 남편은 시내에 직장이 있었는데 리버풀 역에서 지하철을 갈아타야 했다. 그날 오전에 그는 조금 늦었다며 서둘러 집을 나섰다. 한 시간 반쯤 지났나? 같은 집에 살던 여자아이가 히스테릭하게 소리를 지르며 아내가 있던 방문을 두드렸다. 그 아이 말대로 텔레비전을 켜자마자 리버풀 역에서 폭탄이 터졌다는 뉴스가 흘러나왔다. 남편의 휴대전화는 불통이었다. 괜찮을 것이라는 근거 없는 확신을 가지고 있었지만 아내의 기다림은 조마조마한 것

이었다. 그리고 얼마 후 버스를 놓치는 바람에 출근하지 못한 남편
이 무사히 집으로 돌아왔다. 10분만 일찍 나갔더라면 폭탄이 터진
그 시간, 그 장소에 딱 남편이 도착했을 수도 있었다.

　이 끔찍한 사건은 모순되게도 런던이라는 도시와 우리를 감정
적으로 연결해준 계기가 되었다. 처음으로 런던에도 사람들이 살
고 있음을 깨달은 것이다. 안내책자에 실린 근사한 관광명소의 도
시에서 조그만 회오리바람처럼 잠시 머물고 있었는데 폭탄소리로
인해 피 흘리는 삶의 고통과 혼돈 그리고 희망을 보게 된 것이다. 우
리는 이제 궁전이나 박물관이 아닌, 사람들이 살고 있는 거리를 알
고 싶어졌다. 그곳에는 혹시 우리가 찾는 무언가가 있을까?

　그 일이 있고 난 뒤 어느 날이었다. 종종 빵을 사먹곤 했던 빌란
드리 카페가 있는 그레이트 포틀랜드 스트리트 주변 골목을 걸어
다니고 있었다. 남편이 그 거리를 걷노라면 묘하게 제주도 분위기
가 느껴진다며 좋아했기 때문이다. 그러다가 BT타워가 보이는 작
은 공원 앞에서 쉬기로 했다. 잠시 후 아내가 문득 벽에 붙어 있는 파
란색 플라크를 발견했다.

　'버지니아 울프, 이 집에 살다.'

　신선한 충격과 함께 뭔가 내부로부터 전율 같은 것이 느껴졌
다. 지금 우리가 서 있는 바로 이 땅 위에 버지니아 울프도 서 있었다
는 말이다. 갑자기 평범하기만 했던 골목길이 다르게 보이기 시작
했다. 내가 쓰다듬은 이 공원의 나무를 언젠가 그녀가 만졌을지도
몰라. 아! 그녀는 이곳을 수도 없이 오갔겠지? 누구와 함께 있었을

까? 온갖 질문들을 머리에 떠올리면서 한참을 두리번거렸다. 그날
이후부터 본격적인 블루 플라크Blue Plaque 여행이 시작되었다.

런던에는 880여 개의 블루 플라크가 달려 있는 집들이 있다.
사실 버지니아 울프 이전에도 몇 군데 블루 플라크가 달린 집들을
방문한 적이 있다. 그렇지만 그때는 특별히 플라크에 대해 눈여겨
보지 않았다, 아마도 박물관처럼 잘 꾸며져 있었기 때문인 듯한데,
그래서인지 그곳에 살았던 인물의 삶에 대해 관심을 가졌다기보다
그저 성공하신 대단한 사람의 기념비 같은 건물이라고만 인식했던
것 같다. 그러나 런던 폭탄테러 이후 런던에서 살고 있는 평범한 사
람들의 삶을 깨닫기 시작했고, 또 평범한 집에 버지니아 울프가 살
았다는 사실을 알게 되자 모든 것이 바뀌었다.

'평범한 사람들!'

우리같이 모자란 사람도 포함되는 그런 넓은 범위 안에 버지
니아 울프 같은 찬란한 사람들의 삶 또한 들어 있었던 것이다. 그것
은 마치 누구도 기억해주지 않는 사소한 이름이라도 특별했을 수
있다는 뜨거운 희망을 주고 있었다.

먼저 당시에 우리가 살고 있던 집 근처의 블루 플라크부터 시
작했다. 그러다가 쉬는 날이면 멀리 있는 곳까지 여행했다. 그렇게
하나 둘 그 빛나는 사람들을 배우려고 애썼다. 그들의 집을 찾아다
니면서, 때로는 매일 들르기도 하면서 다른 시간대이지만 같은 공
간을 살아가는 삶과 삶의 만남을 이어갔다. 그들은 모두 뛰어났지

만 동시에 약하고 모순으로 가득 찬 나약한 한 인간이기도 했다. 작품을 통해 긴 시간 동안 사람들의 마음속에서 살아 있는 영원성을 획득했지만 그들 또한 자신이 숨 쉬고 있었던 그 순간에는 그저 온전하게 삶을 살고자 몸부림친 평범한 사람들이었다.

모두가 원하는 멋진 인생을 살았던 그들이지만 그들의 인생이 안락하고 확신에 찬 것만은 아니었던 것이다. 오히려 그들은 더 비극적이고 더 불안하고 더 외로웠다. 우리는 블루 플라크를 따라 여행하면서 평범한 인생보다도 못한 괴로운 인생을 멋지게 살아버린 그들의 집요함에 매혹되었다. 그래서 그들의 낮은 집들이 어떤 기념비보다 더 우뚝 솟아 있는 것처럼 보였다. 그리고 그 집들이 있는 골목에서 인생을 멋지게 만들 수 있는 단서들을 조금씩 주워 모았다. 어찌 보면 충동적으로 여행을 떠나왔지만 본격적인 여행이 블루 플라크로부터 시작된 것이다. 왜냐면 바로 그때부터 무엇을 찾아야 할지를 알았고 어렴풋이나마 여행을 통해 어떤 것을 얻을 수 있는지에 대해 생각할 수 있었기 때문이다.

시간이 지나면서 '블루 플라크'는 상징적인 것이 되었다. 꼭 그것이 아니더라도 런던 사람들의 삶을 느낄 수 있는 곳이라면 어디든 찾아다녔다. 블루 플라크가 붙은 집을 다 가본 것도 아니다. 다만 마음 닿는 대로 꾸준히 다녀왔고 기록했다. 이 책에서 소개하는 스물세 명의 인물들은 시인, 작가, 음악가, 화가, 영화감독, 사상가로 다양하다. 이것은 우리 부부의 취향으로 고른 개인적인 선택이다. 지역은 캠던에 집중되어 있지만, 웨스트민스터, 첼시 등도 포함되어 있다. 딱히 의미가 있는 것은 아니고 어쩌하다 보니 그렇게 된 것이다. 아마도 일곱 번이나 이사를 했지만 겨우 2, 3개의 구 안에서 벗어나지 못했기 때문인 듯하다.

각자의 모습 그대로 가슴속에 들어와서 우리를 행동하게 했던 이름들! 그들은 19년이라는 긴 여행의 동반자였으며 런던이라는 도시의 진정한 가치였다. 그들로 인해 비로소 런던은 우리에게 명소가 되었다.

여행을 하는 동안 남편은 음반을 만들었고 덴마크 스트리트에 있는 손바닥만 한 공연장에서 콘서트도 열었다. 그날이 남편에게는 생애 최고의 날이었다고 했다. 아내는 다시 그림을 그리기 시작했다. 그리고 고흐의 자화상이 전시되었던 전시장에서 그녀의 자화상을 전시했다. 그녀는 그 순간이 초현실적으로 느껴진다고 했다.

이런 시간들이 우리 인생을 근본적으로 바꿔놓은 것은 아니다. 그래도 상관없었다.

◆ 블루 플라크는 '영국왕립예술협회Royal Society of Arts'에서 1867년 세세 최초모 '잉국 낭만파 시인 중 한 명인 바이런George Gordon Byron'의 블루 플라크를 그가 태어난 런던 홀스 스 트리트 캐번디시 스퀘어 24번지에 달면서 시작되었다(1889년 건물이 철거됨). 이후 블루 플 라크는 영국왕립예술협회에서 1901년까지 관리했고, 1965년부터는 런던시의회London County Council(L.C.C.)가, 그리고 같은 해에 다시 '런던광역시의회The Greater London Council(GLC)가 관리 했다. 1986년 GLC가 폐지되면서 영국문화유산단체인 잉글리시 헤리티지English Heritage가 이어 받아 현재까지 관리하고 있다. 바로 이런 이유로 블루 플라크의 색깔이나 모양이 반드시 블루 플라크는 아니며, 여러 사회·지역·학회 단체에 의해 플라크들은 다양한 형태를 가지고 있다.

챕터 I

Camden I

29 Fitzroy Square, Camden, W1, London

Virginia Woolf

버지니아 울프 — 자기만의 방

런던 캠던 피츠로이 스퀘어 29번지

○ 런던은 집세가 무척 비싸다. 마음 맞는 친구들이라도 있으면 함께 살면서 집세를 나눴겠지만 우리 같은 외국인에게 처음부터 그런 사람들이 있을 리 없었다. 그래서 집주인이나 집 전체를 빌린 사람이 다시 방 하나씩만 세놓는 형식으로 운영되는 집에서 낯선 사람들과 함께 사는 방식을 선택할 수밖에 없었는데 그것도 쉬운 일은 아니었다. 이것을 서브렌트sub-rent라고 하는데, 부동산에서는 취급하지 않는다. 때문에 인터넷이나 슈퍼마켓 등에 있는 광고판을 찾아다녀야 했다. 그 과정에서 화장실 문짝이 떨어져나가 없는 집

에서부터 물 끓여 먹는 것 외에는 모든 요리가 금지된 집, 매일 파티만 하는 난장판 집, 불법적으로 서브렌트 하는 집 등 온갖 집들을 만나게 되었다. 겨우 괜찮아 보이는 집을 찾아 들어간 뒤에도 문제는 여전히 있었다.

국적이 다르고 나이대가 다양한 낯선 사람들이 같은 공간에서 매일 부대끼다 보면 재밌는 일도 있지만 피곤한 일도 많이 생긴다. 또 아무리 사람이 좋아도 생활습관이 다르면 충돌이 생기는 법이고 성향이 다른 사람을 쉽게 소외시키기도 한다. 그래서 소심한 나는 방문을 굳게 닫고 나가지 않거나 아예 집밖으로 나가 최대한 많은 시간을 보내려고 했다.

리젠트 공원 근처에서 살 때도 마찬가지였다. 그때 바뀐 플랫메이트flatmate들의 국적만 해도 영국, 프랑스, 오스트레일리아, 스위스, 홍콩 등으로 다양했으니까 말이다. 그래서 나는 같은 집에 사는 사람들이 출근이나 등교를 하기 위해 북적대는 아침시간에는 늘 일찌감치 집에서 빠져나가 공원에서 한두 시간을 보내고 돌아오곤 했다. 덕분에 리젠트 공원의 사계절을 빠짐없이 경험할 수 있었다.

공원은 과장된 친근함을 강요하지 않았고 담담히 나만의 공간을 허용해주었다. 그 속에서 이런저런 혼자만의 생각에 깊이 잠길 수 있는 자유를 만끽했다. 꽃이 피고 지고 푸르러지고 다시 나이 들고 하얀 눈을 입고 완전히 지워지는 동안 나는 그저 전체로부터 빠져나온 '개인'이 되어 단순하게 그곳을 거닐었다.

그러던 어느 날 아침의 이야기다. 그날은 안개 경보가 내렸다. 아침에 일어나 창밖을 보니 도시가 허연 연기를 뿜으며 거대한 바다 속으로 침몰하고 있는 것 같았다. 그래도 나는 용감하게 집을 나섰다. 매일 가는 산책길이라 가벼운 마음으로 스스로를 북돋우며 현관문을 열었다. 그런데 그런 나를 비웃기라도 하듯이 허연 벽으로 꽉 막힌 거리는 어딘가에 추악한 비밀을 숨기고 있는 괴물처럼 공포스러웠다. 이렇게 짙은 안개를 전에 본 적이 없어 잠깐 멈칫했지만 고집스럽게 걷기 시작했다.

발걸음을 뗄 때마다 안개가 마치 움직이는 접근금지 명령선이라도 되는 듯 오직 한 걸음씩만 도시의 내부를 허락하며 따라다녔다. 아무런 경고도 없이 스르륵 하고 모퉁이가 몇 번 나타나고 갑자기 쌩- 하고 자동차가 한번 지나간 뒤 마침내 리젠트 공원이었다.

이곳에 당도하면 언제나 느끼는 안도감이 있었다. 아무도 없는 이른 아침의 공원은 청소가 막 끝난 방처럼 평안한 휴식을 주었다. 그러면 나는 아무 생각 없이 걸어 다니거나 쓸데없는 공상에 빠지곤 할 수 있었는데 그날은 마치 다른 공간인 듯 낯설었다.

안개가 마치 포장하지 않고 산더미같이 쌓아놓은 이삿짐처럼 사방을 가로막고 있었던 것이다. 나는 나 자신의 능력이나 의지를 들추며 이 길을 가야 하나 잠시 망설였다. 그렇다고 아침 시간에는 늘 플랫메이트로 북적거리는 그 집으로 돌아가고 싶진 않았다. 고심하다가 썩썩하게 다시 출발했다. 풀들과 나무둥치들이 조금씩 내 앞으로 밀려나왔다가 사라졌다. 나는 아주 조금씩만 허용되던 '길의 단편'에 온 신경을 집중하고 계속해서 걸어갔다. 그런데 끝없는 회전벨트처럼 반복되던 그 길 중간에서 덜컥 겁이 나기 시작했다. 단 한 번도 넘어진 적 없는 그 안전한 길 위에서 갑자기 알 수 없는 위협을 느낀 것이다. 아마도 멀리 가면 갈수록 뚜렷하게 알던 것들이 점점 줄어들고 있다는 깨달음이 두려움을 심어준 것 같다. '나는 어디에 있는 거지?'를 알 수가 없었다.

불안감이 점점 커지면서 폭풍처럼 정신을 집어 삼켜버렸다. 열심히 걸어왔건만 결국에는 길을 잃고 안개에 갇혀버린 신세가 된 것이다. 나는 한동안 후회와 두려움이 안개와 함께 날뛰는 것을 내버려둘 수밖에 없었다. 그렇게 몇 분이 흘렀나? 아님 몇 십 분?

멍하게 의미 없이 이쪽저쪽을 두리번거리던 눈에 낯익은 물체가 희끗 보였다. '아! 저것은 다리?' 그것은 매일 건너다니던 작은 다리였다. 덕분에 어디쯤인지 확실해지자 언제 그랬냐는 듯 의기양양해졌다. 그토록 길게 느껴졌던 아침 산책길은 평소의 절반 정도도 채 오지 않은 곳에서 멈춰 있었던 것이다.

다시 자신감이 돌아오고 여유가 생겼다. 그래서인지 이번에는 연기 속에 잠겨 있던 호수와, 장미와, 나무 사이를 미끄러지듯 유유히 헤치고 다녔다. 그리고 서서히 나만의 망상을 풀어내고 안개 속에 이는 바람도 알아차릴 수 있게 되었다. 그렇게 하여 마침내 경계가 쉽게 나풀거리는 불확실한 그 작은 공간에서 편안하게 혼자였다. 산책이 끝나가는 공원 출입구가 보이는 곳까지 왔을 때는 아쉬워지기까지 했다.

그때 시내 쪽으로 조금만 더 가면 찾을 수 있는 버지니아 울프의 집을 떠올렸다. 리젠트 공원에서 옥스퍼드 거리 쪽으로 나 있는 그레이트 포틀랜드 스트리트의 중간쯤에 그녀의 집이 있었기 때문이다.

나는 안개의 공원을 빠져나와 또 다른 안개 속으로 향했다. 거리에는 출근을 시작한 차들이 겁먹은 불을 깜박거리며 느리게 지나가고 있었다. 어디선가 커피와 빵 굽는 냄새도 났다. 소음과 불빛 때문인지 자신감이 약해질 때도 있었다. 그러나 되도록 낙천적으로 마음을 다잡으며 골목을 찾아갔다. 이것은 일생일대의 과제가 아닌 그저 사소한 산책일 뿐이니까. 길을 잃으면 잠시 멍하게 있다가 다시 한 걸음을 내디디면 되는 것이다.

잠시 후 그녀의 집이 보였다.

나는 익숙한 벤치에 앉아 쉬었다.

곧이어 바람이 불었고 안개는 사라졌다.

이런 식으로 계속된 아침의 리젠트 공원 산책은 내게 나만의 방으로 들어가기 위한 의식이었다. 새벽이 끝나가는 이른 시간의 공원이라는 방에서 개인적인 잡념에 빠진 채 그저 앉아 있거나 빈둥거리며 철저히 '홀로'의 시간을 가진 셈이다.

'안개' 낀 그날의 이야기는 그 방의 서랍에 보관되어 있는 메모 중 하나다. 중요한 것은 아닌데 왠지 버릴 수 없었던 기록 같은 것. 리젠트의 내 방에는 그런 것들로 가득 차 있다. 비밀이 담긴 것도 아

니고, 중요한 일도 아니다. 다만 개인적인 것이다. 오로지 나 스스로 어느 누구도 침범할 수 없는 나만의 공간에 신성하게 보관하고 있을 뿐이다.

　여러 명과 함께 살아야 했던 사정 때문에 공원에서 보내야 했던 혼자만의 그 시간들! 그런데 오히려 그래서 더욱 소중하고 그럴듯하게 느껴지는 것인지도 모른다. 게다가 버지니아 울프의 소설에 나오는 리젠트 공원이 어느 쪽인지 고민 끝에 신중하게 정한 뒤 그녀가 나무들 사이를 걸어 다니는 상상을 했던 날들은 덤으로 괜찮은 기록이 되어 그 서랍 안 깊은 곳에 안전하게 간직되어 있다.

　버지니아 울프의 런던 집은 BT타워가 보이는 피츠로이 스퀘어에 있다.

　단아하지만 왠지 예민해 보이는 것이 그녀를 닮았다. 당시 스물다섯 살이었던 그녀가 남동생과 함께 1907년부터 1911년까지 이 집에 머물렀으며, 이층 전체를 혼자 사용했다고 한다. 나는 작은 공원이 있는 그 집 앞 벤치에 앉아 책도 읽고 쉬기도 했는데, 어느 날인가 그녀의 말대로 버지니아의 죽음 이후에 몸을 버린 그녀의 영혼이 계속 살아남아 어떤 식으로든지 다시 살아나서 서성이는 그런 기운을 느낀 것도 같다. 아마도 말이다.

　"그녀에게 찬사를 보내며."

Plaque No. 2218

87 Marchmont Street, London

Percy & Mary Shelley

퍼시&메리 셸리 ─ 시인과 프랑켄슈타인

런던 마치몬트 스트리트 87번지

○ 메리 W. 셸리는 아나키즘의 창시자라고 불리는 윌리엄 고드윈과 페미니즘의 선두주자 메리 울스턴 크래프트의 딸이자 영문학 최고의 시인 중 한 명인 퍼시 B. 셸리의 두 번째 부인이다. 사랑에 빠져 모든 것을 버리고 떠났을 때 그녀의 나이 겨우 열여섯 살. 이후 그녀는 프랑켄슈타인의 괴물 이야기를 창조했다.

이제 삶을 시작하는 당신이, 그것이 주는 근심과 고통이 아직 무엇인지 모르는 당신이, 내가 느껴왔고 지금도 느끼는 것들을 어떻게 이해할 수 있을까요?

-『프랑켄슈타인』에서-

열여섯 살이라! 한국 나이로 열일곱, 그러니까 고등학교 2학년의 나이에 남자친구가 생겨 집을 나간 것이다. 생각해보면 그 나이 때 나도 첫사랑이 있었다. 그래서 연애편지도 써보고(부치진 않았지만) 싸구려 연애소설에 탐닉하며 친구들과 점을 치기도 하면서 내 사랑이 이루어질까 가슴 졸이며 궁금해했었다. 그러나 대부분의 첫사랑이 그렇듯 별다른 사건 없이 가슴속에 아쉬움만 덩그러니 남기고 끝나버렸다. 사실 그 사람이 딱히 내가 좋아하는 스타일도 아니었다. 미숙한 나는 그저 그 첫사랑이라는 신기한 감정 자체에 젖어 있었을 뿐인 것도 같다. 공상의 방에서 혼자 열병에 걸려 울고 웃고 한 뒤 안전하게 그 시절의 병상을 털고 일어나서 세상으로 나올 채비를 했다고 해야 할까?

그런데 이 비행소녀 메리의 첫사랑은 어린아이의 잠꼬대가 아니었나 보다. 태어난 지 10여 일 만에 어머니를 잃고 새엄마에게 외면받으며 자란 메리는 조숙한 소녀였다. 고독과 그리움으로 구멍이 뚫려 있던 그녀의 가슴은 사랑이 주는 터질 듯한 충만감에 순식간에 매료되었다. 그것은 새로운 탄생과도 같았을까. 마치 조각처럼 흩어져 있던 자신이 하나로 맞춰지면서 온전한 사람이 되는 그런 경험이었을 것이다.

이미 새벽 한 시였다. 빗방울이 음산하게 창문을 두드리고, 초는
거의 다 타들어갈 때였다. 반쯤 꺼져버린 희미한 빛 속에서 그것
이 멀건 노란색 눈을 뜨는 게 보였다. 그것은 거친 숨을 몰아쉬며
발작적으로 사지를 꿈틀거렸다.

                                          -『프랑켄슈타인』에서-

　　어린 나이에 어머니의 무덤가에 홀로 던져진 듯 고독을 유일
한 위로로 삼으며 책을 읽던 메리가 퍼시 B. 셸리라는 천재시인을
만난 것이다. 이제 그와 전기충격 같은 강렬한 사랑을 하며 소녀는
여인이 되어 세상 속으로 걸어 들어갔다. 당시 이미 아내와 아이를
둔 유부남이었던 퍼시의 비도덕적인 정부情婦로 아버지에게마저
버림받으며 그렇게 그녀의 첫사랑은 시작된 것이다. 그러나 이 무
모하고 이기적인 십대가 자신이 선택한 길에서 기다리고 있던 가혹
한 운명을 알지는 못했으리라.

　　퍼시 B. 셸리는 자신의 신념을 밝히는 데 두려움이 없는 스물
한 살의 열혈 청년이었다. 귀족의 아들로 태어나 이튼 칼리지를 거
쳐 옥스퍼드 대학에 들어갔지만 「무신론의 필요」라는 (당시엔) 불
순사상을 담은 소책자를 써서 배포한 일로 퇴학 처분되었고, 열아
홉에 열여섯 살 소녀 해리엇과 가출하여 결혼한 경력이 있는 사람
이었다.
　　그는 이상주의자였다. 세상에 대해 회의적이었던 그는 어떠한

관습의 틀에도 얽매이지 않으려 한 완고하고 급진적인 시인이었다. 그는 개척자이자 창조자였다. 이런 그에게 사랑은 얼마나 이상적이어야 했을까, 얼마나 자유로워야 했을까. 따라서 결혼이나 가정생활이 그것의 완벽함에 해가 되면 단칼에 미워했다.

> 높이 더욱더 높이
> 땅으로부터 너는 솟구치는구나
> 한 가닥 불 구름처럼
> 깊고 푸른 창공으로 날갯짓 하는구나
> 끝없이 노래 부르며 비상하고 또 비상하며 노래 부르는구나.
> ─퍼시 셸리, 「종달새에게」에서─

"그의 사랑은 결코 슬픈 만족을 알지 못했다(「종달새에게」)."

사랑이란 게 뭘까? 대부분의 사람들이 한 번쯤 느꼈다고 확신했을 법한, 그러나 또한 이것은 영원하지 않으며 길어야 3-5년이라고 주장하는 이 감정은 도대체 무엇일까? 사랑에 대한 무수한 정의들을 들어봤지만 여전히 잘 모르겠다. 왜냐면 개인마다 다른 입장의 정의를 추구하는데다, 현실적인 사정에 따라 이랬다저랬다 다른 모습으로 바뀌기 때문이다. 그래서 휘황찬란해 보이는 사랑의 실체란 폐허일 뿐이라는 허무적인 시각에 완전히 동의할 수도 부정할 수도 없다. 내게는 여전히 판단의 근거가 부족하다.

퍼시는 열아홉에 해리엇이라는 소녀를 사랑해서 결혼했지만

2년 뒤인 스물한 살 때는 다른 여자 메리를 사랑한다. 메리가 자신의 감정을 받아주지 않으면 자살하겠다는 협박을 할 만큼 그 감정에 집착한다. 변덕스럽고 이기적이다. 그렇다고 목숨을 내놓겠다고 할 만큼 절절한 이 감정을 부정할 수만은 없는 노릇이다.

　　이제 부정할 수 없는 강렬한 것이었으니 충분하다고 해야 할까? 어제의 궁전 같은 진실이 오늘 무너진 폐허가 되더라도 사랑이었으므로 아름답다고 해야 할까? 나는 잘 모르겠다. 나이 40이 넘도록 '사랑'에 대해 시원하게 말을 못하는 나도 참 무능하다. 어쨌든 메리와 퍼시는 그 불확실해 보이는 감정이 열어놓은 창문 아래로 거침없이 뛰어내렸다.

　　그들은 아마 자신들의 결정에 스스로 감동했을지도 모른다. 용감했으니까. 진실이었으니까. 사랑 때문에 가슴이 두근대고 즐거워서 고통이나 근심 따위는 그저 단어일 뿐 자신들은 느낄 수 없다고 생각했을 것이다. 지금 막 사랑에 빠진 모두가 그러하듯 말이다. 그러나 메리의 아버지는 딸이 자신의 제자이자 유부남인 퍼시와 도망가자 불같이 화를 내며 그들의 관계를 인정하지 않았다. 윌리엄 고드윈이 개인의 자유를 강력하게 주장한 급진적인 사상가였다는 것을 생각하면 자식 앞에서 모든 부모는 급진적일 수 없는 모양이다.

　　우연─혹은 악마의 힘, 아니면 파멸의 천사라고 해야 할까, 그것은 내가 아버지의 집에서 내키지 않는 걸음을 뗀 순간부터 내 삶에 전능한 힘을 드리웠다.

-『프랑켄슈타인』에서-

1814년 7월부터 1822년 7월까지 프랑스, 스위스 등을 여행하다 영국으로 돌아온 메리는 이듬해에 달을 채우지 못하고 딸을 낳지만 아기는 며칠 후에 사망한다. 다시 일 년 뒤 아들 윌리엄을 낳는다. 그러나 그해 가을에 언니 페니가 자살하고, 이어서 겨울에 퍼시의 아내인 해리엇이 임신한 몸으로 하이드파크의 못에 투신하여 자살하고 만다. 그 뒤 퍼시는 자신의 첫 번째 결혼에서 태어난 아이들의 양육권을 확보하기 위해 메리와 결혼한다.

메리는 퍼시와의 사이에서 8년 동안 총 다섯 번의 임신을 했지만 그중 네 명의 아이가 사망한다. 자유연애주의자인 퍼시에게는 메리 외에도 여자들이 많았다고 한다. 심지어 메리의 배다른 자매 클레어가 그의 아이를 낳았다는 확인되지 않은 소문이 있었을 정도다. 그러나 이 막장 드라마 같은 이야기는 퍼시가 타고 가던 배가 바다에서 풍랑을 만나 실종되면서 끝을 맺는다. 열흘 뒤 그의 사체가 해변에서 발견되었다. 이때 스물아홉 살이었던 퍼시는 윗옷주머니에 미완성의 유작시「삶의 승리」를 지니고 있었다. 당시 스물네 살이었던 메리는 임신 중이었다.

나는 퍼시 B. 셸리의 시가 아름답다고 생각한다. 고귀한 이상을 추구하는 데에 타협하지 않았던 그가 이루어낸 시들은 경이롭다. 그러나 나는 또한 그가 극도로 이기적이었다고 생각한다. 자신의 꿈같은 자유를 위해선 누구라도 희생시킬 수 있는 사람이 아니었을까 싶다. 마치 '사랑'이라는 감정 자체의 완벽성만 추구하는 듯해 보였던 그의 행동은 나로 하여금 '그렇다면 거기에 얽혀 있는 사람은 어떻게 하란 말인가?'라는 질문을 하게끔 한다.

사람이 문제인 것이다. 사랑을 하면 그 감정을 어떻게 정의하든지 간에 분명한 것은 대상으로서의 사람이 생긴다. 서로 사랑하면 두 사람 모두에게 엄청난 에너지를 가져다준다. 그러나 그것이 끝났을 때 사랑이 만든 에너지는 어디로 가야 할까. 사랑의 끝에서 그 에너지는 눈먼 폭도가 되어 자칫 잘못하면 파멸을 불러일으킨다. 자발적인 사랑이 끝났을 때에야 누구 탓을 할 수 있겠냐만은 기간이 길든 짧든 서로 나누었던 감정의 마지막 또한 배려 속에서 마무리되어야 한다. 마지막까지 돌보는 것, 그것이 우리가 한 사람에게 빠져서 내 마음과 상대방의 마음에 사랑이란 감정을 창조하는 순간 부여되는 창조자로서의 책임이 아닐까? 퍼시 B. 셸리는 강렬한 전기충격 같은 사랑을 만들어내는 데에는 천재적이었지만 그것을 돌보지 않았고 창조자로서의 책임을 회피했다. 그는 빅터 프랑켄슈타인이었다.

혼자 남겨진 프랑켄슈타인의 괴물 메리 W. 셸리는 여전히 젊었다. 스물네 살. 요즘 같으면 이제 막 대학을 졸업해 사회에 나갈 준비를 하는, 아직 꿈을 펼쳐보기도 전이 아닌가! 그러나 뭐든 시작할 수 있는 젊은 나이에, 아니 시작도 하기 전의 나이에 그녀의 세상은 끝나버렸다. 모든 것이 열여섯 살 때 내린 결정 때문일까? 나는 그녀가 수많은 불행을 겪었다고 해서 그 선택이 정당했다고 이해해주지는 못하겠다. 그렇다고 가정을 파탄 낸 부정을 저질렀으니 자식들과 남편이 죽는 고통은 당연한 벌이라고 하지도 못하겠다. 단지 소녀 메리의 사랑은 퍼시와 마찬가지로 극도로 이기적이었고 성급했고 어리석었지만 아이를 낳고, 잃고, 자신이 자라면서 그녀의 사랑 또한 행복과 상실, 비극으로 인한 고통 속에서 성숙해갔다는 것. 그리하여 여인 메리는 누구에게도 이해받을 수 없는 흉측한 괴물처럼 고독했지만 그 괴물을 창조한 퍼시에게만큼은 완벽한 사랑이었다고 말할 수 있을 것 같다.

　　말년에 메리는 가난과 소외 그리고 사랑하는 사람들의 죽음으로 가득했던 이 시기를 돌아보며 자신의 황금기였다고, 고통과 근심은 낱말뿐이었다고 했다. 또한 무명이었던 남편 퍼시 셸리의 시를 세상에 내놓기 위해 끊임없이 노력했다. 퍼시가 살아생전 명성을 얻지 못한 이유는 그의 급진적인 사상으로 인해 출판사들이 그의 시를 출판할 경우 신성모독이나 반란행위 등으로 체포될까 두려워했기 때문이다. 그러나 그녀의 노력 덕분에 그의 시는 온전히 사람들에게 알려져 감동을 줄 수 있었고, 영국 문학사에 길이 남게 되었다.

　　53세에 세상을 떠나기 전까지 여러 남성작가들에게서 구혼을 받은 그녀는 새로운 사랑을 시작할 만도 했지만 모두 거절하고 평생을 독신으로 살았다. 그러니까 메리에게 사랑이란 3년이나 5년이 아니라 단 한 번뿐이었던 셈이다. 메리가 죽은 뒤 그녀가 남긴 상자에는 어려서 죽은 자식들의 머리카락, 남편과 같이 사용했던 노트, 남편의 시 「아도나이스」 그리고 실크로 묶여진 소포 안에 남편 퍼시 B. 셸리의 재와 그의 심장 유해가 들어 있었다고 한다.

그리고 그는 이제 어디에 있단 말인가? 부드럽고 사랑스런 존재는 영원히 사라져버린 것인가? 방대한 상상력과 생각으로 충만하던 그 정신, 그것을 만든 창조자의 생명력으로 하나의 세상을 만들어낸 그 정신은 소멸해버린 것인가? 이제 오직 나의 기억 속에만 남아 있는 것인가? 아니, 결코 아니다. 아름다움으로 빛나던 너의 신성스런 몸은 사라졌지만 네 정신은 아직도 이 불행한 친구를 찾아와 위로해준다네.

- 『프랑켄슈타인』에서 -

사랑은 참 비논리적인 것 같다. 이기적이고, 변덕스럽고, 얼마나 지속될지 모르고, 무엇보다 실체를 제대로 설명할 수도 없지만 갑자기 누군가에게 번갯불처럼 내리친다. 이것은 강력한 전기충격으로 단숨에 심장을 사로잡기도 하고, 어디서부터 시작했는지 깨닫지 못하도록 아주 천천히 목표의 모든 것을 감전시키기도 한다. 희생자들은 그 뜨거움의 상처로 인해 긴 시간 고통을 당해야 한다. 지옥이다.

그런데 때로는 바로 그 상처가 살아가는 힘이 되기도 한다.

메리의 경우에 사랑은 죄악이자 상처였는데 살아가는 목적이 되고 '선'이 되었다. 방문의 목적을 숨긴 채 불꽃 튀는 에너지로 어린 메리에게 찾아왔던 사랑. 그것은 오랫동안 파괴하는 힘으로 그녀 위에서 군림했다. 폭정의 결과로 삶이 끔찍스러운 괴물이 되어버렸다.

그러나 차가운 죽음의 공포 속에서도 그녀는 사랑에 실패하지 않았다. 소외와 죄의식의 실로 꿰맨 누더기 같은 사랑을 입고 망명지에서 돌아왔다. 그리하여 메리 W. 셸리는 프랑켄슈타인의 괴물, 바로 그 전설이 되었다.

> 나는 곧 죽을 것입니다. 그리고 내가 느끼는 감정도 더는 느끼지 못하겠지요. 타오르는 이 비참함도 곧 사라질 것입니다. 나는 당당하게 화장용 장작더미를 쌓을 것이고 고통스럽게 타오르는 불길에 기뻐할 것입니다. 화염은 사라질 것이고 내 육신의 재는 바람에 의해 바다 위로 흩어질 것입니다. 나의 영혼은 평화를 찾겠지요. 혹시 만약 영혼이 생각을 할 수 있다고 해도, 고통스런 생각은 아닐 겁니다. 잘 있으시오.
>
> -『프랑켄슈타인』에서-

런던에는 말년에 메리가 살다가 생을 마감한 집을 포함해서 셸리 부부가 살았던 집이 몇 채 있다. 그중 체스터 스퀘어 24번지의 집은 주변이 깨끗하고 조용해서 마음이 소란스러울 때 종종 들르곤 했다. 하지만 사실 내가 좋아하는 집은 셸리 부부가 함께 살았던 마치몬트 스트리트에 있는 집이다. 좋아한다기보다는 인상이 깊었다고 해야 더 정확한 표현이겠지만……

원래 이 집은 건물이 헐리고 새 빌딩이 들어서는 바람에 블루 플라크를 보면 '집터on this site'라고 명기되어 있다. 집도 아니고 집 터만 남아 있는데 뭐가 이상적이냐고 물을 수도 있겠지만 바로 그 이유 때문에 가장 기억에 남는다.

덩그러니 혼자 달려 있는 블루 플라크의 글들이 "거대한 돌다리 위에 글귀만 남고 아무것도 없었다"라는 내용의 「오지만디아스Ozymandias」라는 퍼시의 시를 떠올리게 하기 때문이다. 드라마틱했던 그들의 삶과 대비되어 더욱 강한 인상을 내게 주었던 것 같다. 게다가 주변에 UCL 대학교와 유스턴 역이 있어 다소 시끌벅적하다는 것도 그런 모순된 느낌을 부추겼다. 이제 그들의 절절함은 사라지고 아무것도 남지 않았지만 여기, 지금 심장이 뛰는 사람들은 또다시 소음을 내고 먼지를 일으키고 숨 쉬고 있는 것이다. 또한 이 집 주변에는 찰스 디킨스의 집터, 버지니아 울프가 자주 왔던 공원, 레닌이 살던 집도 있어서 이 지역의 다양함과 활기가 오늘만이 아니라 과거부터 쭉 이어져온 전통이라는 생각을 하게 한다.

나는 어느 날 이 집 주변을 걷다가 메리를 연상시키는 어린 여학생이 머리를 질끈 묶고 커다란 가방을 등에 멘 채 급하게 학교 쪽으로 뛰어가는 것을 보았다. 그리고 그녀의 연애와 삶에 행운이 깃들기를 바라는 나를 발견했다.

"아직 어리고 경험이 없는 세상의 모든 용감한 그녀들에게 행운이 있기를!"

48 Doughty Street, Camden, WC1, London

Charles Dickens

찰스 디킨스 ― 빅토리아 시대 우울한 런던에 답하라

런던 도티 스트리트 48번지

○ 런던에 와서 어학원을 다닌 지 2년쯤 되었을까. 나는 그날의 수업을 아직도 기억한다.

듣기 수업 시간이었는데 시디플레이어를 통해 (남자) 낭독자로부터 흘러나오던 그 목소리가 어찌나 매력적이고 강렬한지 정신없이 몰두해 듣고 말았다. 수업이 끝나고 강사에게 그 CD를 어디서 구할 수 있냐고 물어보자 친절하게도 다음 수업시간에 CD를 복사해서 내게 주었다.

찰스 디킨스의 『황폐한 집Bleak House』. 바로 이 소설 제1장에 나오는 첫 부분이었다. 나는 그때 처음으로 영국 영어라는 게 바로 이런 거구나 하며 감탄했다. 강렬한 T 사운드! 혀를 꼬지 않는 R 사운드! 각이 살아 있는 음절! 그리고 공격적인 리듬! 이게 영어 종주국의 영어로구나 하며 몇 번이고 무릎을 쳤다.

나는 한 줄 한 줄 소리 내어 그 사운드를 따라했고 얼마 지나지 않아 그 첫 부분을 아예 외워버렸다. 그리고 좀 더 시간이 흘러 그 내용을 이해했을 땐 왜 영국인들이 셰익스피어만큼이나 찰스 디킨스를 좋아하는지 이해할 수 있었다. 그의 묘사력은 외국인인 나마저도 그가 살았던 빅토리아 시대의 거리 한가운데에 떨어뜨려 놓고 그곳을 걸어가고 있는 군중의 한 명으로 만들어버리는 듯했다. 디킨스가 쓴 모든 작품 중 가장 파워풀한 첫 장을 여는 작품으로 알려진 이 글은, 산업혁명으로 인해 어둡고 침침하고 더러워진 런던의 거리와 하늘 그리고 일상을 한 편의 시처럼 너무도 생생히 담아냈다.

나는 찰스 디킨스에게 푹 빠진 김에 런던 지도를 손에 들고 그가 살았던 집을 시작으로 이 책에 등장하는 지역들을 따라 순례를 해보기로 마음먹었다. 챈서리 래인-홀번-템스 강을 따라가는 여정이었으며, 한때 그리니치에도 가보았다. 홀번 역에서 그리 멀지 않은 파링던 역 근처에서 일할 때에는 아예 이 루트로 매일 걸어 다니면서 찰스 디킨스는 이 길을 걸으며 이런 생각들을 했구나 하며 한 구절 한 구절 읊조려 보기도 했다.

내가 이 루트의 시작점으로 삼은 홀번 역의 조금 위쪽, 도티 스트리트 48번지에 위치한 디킨스의 집은 그가 아내와 함께 1837년부터 1839년까지 살았던 곳이다. 이곳은 그의 작품『올리버 트위스트』와『니콜라스 니클비』가 집필된 곳이기도 하며, 또한 세계적인 작가로 명성을 떨치기 시작한 것도 바로 이곳에서였다. 현재는 그의 박물관으로 사용되고 있는데 그가 살았던 런던의 집들 중 유일하게 남아 있는 집이기도 하다.

　나는 처음 이 집을 찾아가던 날의 느낌을 아직도 생생하게 기억한다. 버스를 타고 길을 떠날 때부터 마치 과거로의 여행인 양 환상에 사로잡혀 있었다. 런던은 오래된 건물을 잘 보존하고 있는 편이다. 그래서 그런지 골목으로 접어들자 어딘가에서 '올리버'가 뛰어나와 건너편 길로 휙 스쳐 지나가는 듯한 느낌이 들었다. 물론 이제 더 이상 굴뚝에서는 연기가 나지 않고 말똥과 진흙범벅의 거리 또한 지금은 말끔히 포장된 채 최신 자동차들이 줄지어 서 있을 뿐이지만 말이다. 디킨스가 묘사한 그 옛날의 거리를 상상하면서 걸어가노라니 어느덧 4층짜리 갈색 벽돌 건물이 쭉 늘어서 있는 거리의 중간쯤에 조용하게 자리잡고 있는 그의 집이 보였다.

　입구에는 디킨스의 집이라는 간판과 몇몇 방문객들이 눈에 띄었다. 집안에는 박물관답게 그가 직접 쓴 원고를 비롯하여 유화로 그린 초상들, 사진들, 생활용품, 기념품 등이 전시되어 있었다. 우리는 전시물들을 구경하며 천천히 계단을 오르다가 중간에 난 창문을 통해 정원을 한참 내려다보기도 하고, 빨간 커튼이 쳐진 거실에서 피아노를 치는 딸과 그것을 바라보는 디킨스를 그려보기도 했다. 무엇보다도 글을 쓸 때 사용했다는 책상과 의자가 있던 방에서 가장 많은 시간을 보냈다. 내가 처음 그곳을 방문했을 때는 그 의자에 앉아볼 수 있었기 때문이다(허가를 받은 것은 아니지만 앉지 말라는 표시도 없었다). 위대한 작가가 긴 시간 앉아서 글을 썼던 바로 그 의자에 앉아본다고 생각하니 나로서는 완전히 흥분해버리고 말았다. 설레기도 하고 엉뚱한 상상이 들기도 했다. '이제 이 의자에 앉았으니 혹시 글이 더 잘 써지려나?' 아쉽게도 다음 방문 때는 무슨 영문인지 모르겠지만 그 의자가 없어져서 엄청 실망했었다.

나는 크리스마스만 되면 텔레비전에서 방송해주던 〈스크루지〉를 통해 그의 작품을 처음 알게 되었다. 원작 제목은 「크리스마스 캐럴」인데, 영국에서도 마찬가지로 크리스마스 단골 텔레비전 프로그램 중 하나였다. 그래서 영화로든 드라마로든 이 작품이 방송되면 빠지지 않고 보려고 했다. 어렸을 때부터 보던 이야기라 그런지 왠지 아늑하고 행복한 느낌을 주는 것이 참 좋았다. 가끔 타이니 팀이 아버지와 함께 걸어오는 장면에서는 눈물도 흘리면서 말이다. 「크리스마스 캐럴」은 디킨스가 당시 영국 사회에 보내는 시즌 메시지다. 열악한 환경에서 비참하게 일해야 했던 노동계급과 어린이들마저 밥벌이를 위해 무자비한 노동현장으로 내몰리는 현실에 분노하면서 책임 있는 어른이라면 약자들, 특히 어린이를 보살필 줄 알아야 한다는 것과, 아무리 악한 사람도 뉘우침으로써 좋은 사람이 될 수 있다는 희망 섞인 교훈을 전달한 것이다.

> 음식과 음료를 나누고 선물을 교환하고 춤도 함께 춘다는 것은
> 그저 삶의 하찮은 기쁨이 아니라 서로 의지함으로써 행복해질
> 수 있다는 인간들의 자기표현이다.

디킨스는 자신의 책을 크리스마스 직전에 출간했는데, 출판사에 요청하길 앞표지와 책등 부분을 금색 글자로 가공하되 책값은 저렴하게 책정해달라고 했다. 책은 출간되자마자 사람들의 가슴을 울렸다. 그들은 공포와 절망과 희망과 따뜻함이라는 교차된 감상을 느끼면서 열광했고, 이후 매년 크리스마스만 되면 디킨스의 새로운 크리스마스 귀신 스토리를 기다리게 되었다고 한다.

물론 이 작품에 열광한 것이 그 시대의 영국 사람들만은 아니었다. 도덕적이고 계몽적인 이 소설이 어떻게 시대와 문화가 다른 사람들과 계속해서 소통할 수 있었는지 한마디로 설명하기는 힘들다. 여러 이유가 있겠지만 개인적으로 그것은 작가의 상상력 때문이라고 생각한다. 구두쇠 영감의 하룻밤 꿈속에서 귀신들과 함께하는 모험 이야기! 지극히 비현실적인 설정을 가지고 그럴싸하게 끌고 가는 그의 재능은 눈이 부시다. 사람들은 누구를 막론하고 정신없이 울고 웃다가 결국엔 그에게 설득당한다. '착하게 나누며 살자!' 내가 그 이야기 끝에 몇 번이나 했던 다짐이던가! 아마 이런 결심을 한 것이 나뿐만은 아닐 것이다. 더욱 신기한 것은 어릴 때나 어른이

된 지금이나 똑같이 「크리스마스 캐럴」은 신나는 시간 여행이자 따끔한 교훈이라는 사실이다. 나는 더 이상 순진한 아이가 아닌데, 이제 딱딱한 어른이 돼버렸는데 그래도 자꾸 그 이야기를 믿고 싶어진다. 아마도 그래서 찰스 디킨스를 빅토리아 시대 최고의 작가라고 부르는 모양이다. 하늘까지라도 날아갈 수 있을 것 같은 상상력의 힘을 그의 작품이 가지고 있으니까 말이다.

언젠가 텔레비전에서 〈미시즈 디킨스Mrs Dickens〉라는 다큐멘터리를 보고 충격을 받았던 기억이 난다. 가정의 가치와 선행을 트레이드마크로 삼았던 그가 정작 자신의 아내에게는 냉정하고 불공평했다는 사실을 알게 되었기 때문이다. 그는 아내뿐만이 아니라 자식들에게도 매사에 독선적으로 대하고 자신만이 옳다는 태도를 고집했다고 한다. 결혼 전부터 아내를 무시했던 것은 말할 것도 없고 자식들을 마치 상품을 찍어내듯 쉽게 만들었으며 임신을 하나의 성가신 이벤트쯤으로 여겼다고 한다. 그 시대의 가정주부로서 성실한 역할을 수행했던 아내의 소망은 관심과 배려였겠지만 그는 그것을 준 적이 없어 보였다. 아마도 그에게 아내라는 존재는 빅토리아 시대의 사회가 요구했던 모범가정에 필요한 하나의 요소에 불과했나 보다. 혹은 사회가 성공한 작가한테 기대하는 모습을 보여주는 데에 필요한 수단이었을 수도 있다. 게다가 이렇게 엉망으로 결혼생활을 유지하면서 따로 정부까지 두었다. 그의 정부는 아내와는 정반대로 외설적이고 무례하기까지 했다고 하는데, 정부를 사랑하면서도 끝내 이혼을 하지 않은 것을 보면 사회적 지위와 명성이 사랑보다 더 중요했던 모양이다. 둘 사이에서 태어난 아이마저 평판이 나빠질까 두려워 프랑스로 보내 살게 했고, 사람들의 눈을 피해 몰래 그곳에 들렀다고 하니 말이다. 나중에는 죄책감을 느끼는 것마저 짜증이 났는지 오히려 다른 사람들에게 아내에 대한 비방을 해댔다고 한다.

나는 이런 그의 사생활을 알고 난 뒤 실망할 수밖에 없었다. 그러다가 '그럼 그는 어떤 사람이어야 했나?' 하는 질문을 스스로에게 해보았다. 인간들의 행동은 참 복잡한 것 같다. 정신 상태, 교육 정도, 사회적 지위, 욕망, 상처 등 수많은 요소들이 알게 모르게 영향을 준다. 디킨스의 행동 또한 나로서는 정말로 이해하기 힘들다. 나는 그의 작품을 좋아하는 독자의 입장에서 작가인 디킨스가 작품처럼 사랑스럽기를 기대했었다. 그러나 어쩌면 그가 그렇지 않기 때문에 아름다운 작품을 창조해낸 것인지도 모른다는 생각이 들었다. 온갖 모순으로 가득 차 있는 복잡한 정신상태가 천재성을 만나서 예측불가의 흥미로운 이야기로 살아 움직인 것일 수도 있지 않은가?

조금씩 차이는 있겠지만 우리 모두는 잘못된 부분을 가지고 있다. 그러나 디킨스에게는 그의 흉한 약점으로부터 자유로워질 수 있는 상상력 또한 있었던 것이다. 나는 진위를 확인할 수 없는 사생활 얘기는 더 이상 신경 쓰지 않기로 했다. 대신에 그의 작품들을 하나하나 기억해보았다.

『올리버 트위스트』,『위대한 유산』,『황폐한 집』,『데이비드 코퍼필드』,『피크위크 페이퍼스』,『니콜라스 니클비』,『골동품 가게』,『바나비 러지』,『크리스마스 캐럴』,『마틴 처즐위트』,『돔비와 아들』,『어려운 시절』,『리틀 도릿』,『두 도시 이야기』,『우리들의 친구』,『애드윈 드루드의 비밀』……

그리고 그 속에서 살아 숨쉬던 캐릭터들. 타이니 팀, 스크루지, 올리버 트위스트, 파긴, 핍, 미스 해비쉠, 에스텔라, 사무엘 피크위크, 니콜라스 니클비, 넬 트렌트, 바나비, 마틴 처즐위트, 폴 돔비, 데이비드 코퍼필드, 에스더 서머슨, 레이디 데드락, 그라드그린드, 에이미 도릿, 시드니 카톤, 벨라 윌퍼, 에드윈 드루드……

찰스 디킨스는 무수한 걸작들을 인류에게 남겨준 위대한 작가였다.

어느 날 마침 볼일이 있어서 홀번 역 근처로 갔다가 찰스 디킨스의 집에 다시 들렀다. 그리고 집으로 돌아오는 길에 버스를 타지 않고 디킨스의 산책로를 따라 걸어 내려왔다. 그 길에서 한동안 읊조리지 않았던 그 강렬한 『황폐한 집』의 첫 장을 다시 한 번 외워보았다.

런던……
어찌할 수 없는 11월의 날씨……
거리는 물기를 머금은 듯 진흙탕으로 덮여 있고……

연기는 죽어버린 태양을 애도하듯

다 자란 숯검댕이 눈송이로 굴뚝 꼭대기들로부터

부드러운 검은색 이슬비를 만들며 쏟아져 내려와 낮게 깔려 있

다⋯⋯

안개는 어디에나 있다.

강 상류의 작은 섬과 풀밭에도,

늘어선 배들을 더럽히는 강 하류에도,

거대하고 (또 더러운) 도시의 오염된 물가에도. ⋯⋯

캠던 II

Camden II

Plaque no. 9554

8 Royal College Street, NW1, London

Arthur Rimbaud

아르튀르 랭보 — 캠던타운에서 보낸 한 철

런던 로열 칼리지 스트리트 8번지

○ 우리의 런던 생활은 캠던타운에서 시작되었다. 우리가 다니던 어학원이 위치한 곳이어서 '처음'이라는 단어로 설명할 수 있는 수많은 기억이 만들어진 곳이었다. 처음 먹어본 길거리 음식(너무너무 짰던 닭튀김 요리), 첫 계좌를 만든 은행(모든 것이 낯설어서 지나치게 긴장했었지), 처음 들어가본 펍(술집 내 금연이 아직 실시되지 않던 때라 지독한 담배 연기 속에서 수많은 사람들이 서로 몸을 부딪치며 서서 술을 마시고 있었지), 그리고 처음으로 아르바이트를 구하기 위해 보이는 가게란 가게는 모조리 찾아들어가 이력서

를 들이민 곳이기도 했다.

그러나 당시에 우리는 버스를 타고 한 시간 정도 가야 하는 '우드그린' 지역에 살고 있었기 때문에 캠던타운은 그저 어학원을 가기 위해 들러야 하는 낯선 동네에 불과했다. 이후 어학연수가 끝나자 자연스럽게 발길을 끊게 돼 잊어버린 곳이 되었다. 이후 몇 년 동안 수차례 이사를 하면서 런던을 돌고 돌아 다시 캠던타운으로 왔다. 이번에는 스쳐 지나가는 곳이 아닌 살아가는 장소로서였다. 그리고 이때의 우리는 더 이상 어리둥절한 표정으로 이곳저곳을 구경하고 다니던 관광객이 아니었다. 이제 제법 이 낯선 도시에 익숙해져 있었고 캠던타운은 오히려 초창기에 겪어야 했던 자잘한 이야기가 얽힌 추억의 장소가 되어 있었다.

두 번째로 경험하게 된 캠던타운은 일상을 보내는 평범한 장소로부터 시작됐다. 매일 아침마다 근처에 있는 리젠트 공원으로 산책을 하러 나갔고, 일이 없는 날에는 커피숍에 들러 따뜻한 크루아상과 커피를 마시며 느긋한 아침을 보내기도 했다. 이즈음 자주가는 조그만 커피숍이 있었는데, 그곳의 프랑스인 바리스타와 친구가 되기도 했다. 그 친구가 끓여주는 커피가 특별히 맛이 좋았던데다가 커피 위에 하트나 나뭇잎 모양을 매번 정성스럽게 그려주는게 너무 마음에 들어 가까워졌다. 아쉽게도 근처에 자신의 가게를 연다고 하며 그만둔 뒤로 소식이 끊겨버렸지만 말이다.

5, 6월이 되면 리젠트 공원 안에 있는 장미공원으로 싸구려 와

인 한 병을 들고 가서 벤치나 잔디 위에 앉아 진한 장미향과 함께 취하기도 했다. 그맘때쯤이면 각기 다른 재미난 이름들을 가진 온갖 종류의 장미들이 화려하게 피어 있었다. 나는 흑장미를 가장 좋아했는데 어쩌나 빨갛고 향이 진한지 코를 파묻고 한참 동안 숨을 들이쉬다 보면 왠지 긴장이 풀리고 머리가 맑아지는 것 같았다. 또 휴인이면 캠던타운에 있는 수많은 펍들을 돌아다니며 맥주를 한잔씩 들이켠 것도 빼놓을 수 없다. 그냥 술만 파는 펍에서 음식을 주문할 수 있는 펍, 라이브 뮤직이 공연되는 펍까지 펍마다 서로 다른 독특한 분위기가 있어 투어하는 재미가 있었다.

그중에 주로 포크 공연이 열리는 '블루 노트Blue Note'라는 술집이 기억나는데 같이 살던 친구랑 함께 갔었다. 그곳에서는 여러 무명밴드 중 한 밴드가 3~4곡 정도를 부르고 나면 다음 밴드가 이어서 하는 식으로 공연이 진행되었다. 그런데 공연 중간중간에 옥스퍼드 대학에 재학 중이라는 학생시인이 무대로 올라와 꼬깃꼬깃한 종이를 주머니에서 꺼내 시를 낭송하는 것이었다. 그 모습이 너무나 사랑스러워서 기분이 썩 좋아졌던 적이 있다. 비록 비싼 안주로 배를 채울 수는 없었지만 맥주 몇 파인트에 시 몇 수로 행복해질 수 있었던 시간이다.

수많은 관광객들로 붐비는 '스테이블스 마켓Stable's Market'이라는 곳에 가서 사람들 틈에 끼어 케밥을 비롯한 각종 세계음식들을 길모퉁이 아무데나 널브러져 앉아 먹기도 했다. 마켓 이름이 적힌 아치형 간판 뒤에 있는 건물 벽에는 한때 전설적인 앨범 〈런던 콜링

London Calling〉으로 유명한 펑크록 밴드 클래시The Clash의 베이시스트 폴 시모논이 무대 위에서 기타를 부수고 있는 사진이 커다랗게 인쇄된 현수막이 붙어 있기도 했다. 또 햄스테드 히스로 올라가기 전에 항상 들러 밥을 먹곤 했던 '엔터프라이즈'라는 펍에는 예이츠, 사무엘 베케트, 제임스 조이스의 사진 액자들이 걸려 있었다. 산책 삼아 아무런 목적 없이 캠던마켓을 한 바퀴 죽 돌아볼 때도 있었는데, 세상의 온갖 신기한 물건들을 파는 가게들과 피어싱을 하고 머리를 삐죽 세운 펑크족이나 검은색 옷과 신발에 검은 눈화장을 한 고스족goth들이 자연스럽게 평범한 관광객들과 섞인 이상한 나라 같았다. 혼잡한 거리 '캠던'은 에너지가 넘치고 흥미로운 곳이었다. 우리는 시간이 지날수록 그 거리의 독특한 분위기에 점차 매료되어 갔다.

　　내가 이 동네의 이름을 '캠던타운'에서 '우리 동네'로 바꾸어 부르기 시작한 것은 그로부터 1년여의 시간이 흐른 뒤였다. 계기는 우연히 클래시의 그 대형 현수막이 붙어 있던 건물이 실제로 그들이 사용했던 건물이라는 얘기를 듣고부터였다. 나는 귀가 쫑긋해졌다. 수도 없이 무심히 지나쳤던 그 건물이 실제로 그들이 사용했던 건물이라니! 그 앞에 앉아 비둘기들과 싸우며 길거리 케밥을 먹은 적이 한두 번이 아니었는데……. 갑자기 그 건물의 존재감이 완전히 달라 보였다. 다시 확인해보려고 캠던마켓에서 중고 레코드판을 파는 아주 오래돼 보이는 가게에 들러 머리를 길게 기른 주인아저씨에게 그 건물에 대해 물어보았다. 그랬더니 동네 토박이로 보이는 가게 주인이 망설임 없이 확실하다고 말해주었다. 나는 흥분할 수밖에 없었다. 펑크록의 전설인 클래시가 같은 동네에 살았었는데도 모르고 지냈던 것이다.

그리고 보니 왜 펑크족이나 고스족들을 유독 캠던타운에서 쉽게 본 수 있는지 그제야 이해가 되었다. 그날 우리 부부는 그 건물(당시엔 옷과 액세서리를 파는 사이버독Cyber Dog이라는 가게로 운영되고 있었다) 앞에서 빈둥거리며 거의 한나절의 시간을 보냈다.

나중에 캠던타운의 헌책방을 돌아다니며 관련 자료를 찾다가 알게 된 사실이지만, 맞은편 건물 옆쪽에 붙은 기다란 계단도 클래시의 1집 앨범 재킷 사진에 나오는 바로 그 계단이었다. 이렇게 클래시에 대한 나의 호기심으로 시작된 가벼운 리서치는 이후 그 동네가 훨씬 많은 이야기를 간직하고 있는 곳임을 발견하는 계기가 되었다. 이를테면 캠던타운은 평방인치 당 라이브 공연을 할 수 있는 뮤직 베뉴venue가 전 세계에서 가장 많이 밀집되어 있는 곳이다. 펍들이 왜 그렇게 많은지도 그제야 이해가 되었다. 놀랄 일은 더 있었다. 딜런 토머스, 예이츠, 실비아 플라스가 살았던 집들이 모두 이 동네에 있고 에이미 와인하우스와 노엘 갤러거가 살았던 집도 이 동네에 있다. 더블린 캐슬 펍에서 한때 에이미가 일하기도 했고, 우리가 자주 들른 펍 스프레드 이글은 노엘 갤러거뿐만 아니라 브릿팝으로 대표되는 오아시스Oasis, 블러Blur 등의 멤버들이 죽치고 앉아 술을 마셨던 곳이다. 또한 딜런 토머스의 집 바로 맞은편에 있는 에딘보로 캐슬 펍은 그가 이 집에 이사한 날 짐도 풀기 전에 곧바로 직행해서 술을 마셨던 곳이기도 했다. 하지만 꼬리에 꼬리를 문 이런 발견들도 내가 지금부터 시작할 이야기에 비하면 그리 놀랄 만한 것들이 아니다. 이를 위해 나는 짧게나마 펑크록에 관한 이야기를 먼저 하지 않을 수 없다.

펑크록이 언제 어디서 시작되었는지에 대해서는 여러 견해가 있다. 하지만 나는 펑크록의 어머니라 불리는 패티 스미스Patti Smith, 그리고 클래시와 섹스 피스톨스Sex Pistols에게 많은 영향을 준 라몬즈The Ramones로부터 본격적으로 시작되었다는 데에 한 표 던진다. 여기서 특히 중요한 사람이 패티 스미스다. 그녀에게 '지옥에서 보낸 한 철Une Saison en Enfer/A Season In Hell'로 유명한 젊은 프랑스 시인 아르튀르 랭보는 그녀의 분신과도 같은 존재다. 랭보가 그녀의 삶과 음악에 얼마나 지대한 영향을 끼쳤는지는 그녀가 창조해낸 '록 앤 랭보Rock 'n' Rimbaud'라는 시 낭송과 록 공연을 접목한 완전히 새로운 장르의 음악에서 드러난다. 그리고 이 음악적 실험은 곧 앞으로 펑크라 불리게 될 장르의 토대가 되었다. 패티 스미스가 펑크록의 개척자라면, 라몬즈는 "헤이! 호! 레츠 고!"의 후렴으로 유명한 〈블리츠크릭 밥Blitzkrieg Bob〉을 통해 펑크록 특유의 빠르고 강한 비트를 창조해냈다. 이는 클래시의 〈하얀 폭동White Riot〉에 영향을 주기도 했다.

이렇게 뉴욕에서 시작된 펑크록은 곧 대서양을 넘어 런던으로 건너와 펑크록의 대명사로 불리는 섹스 피스톨스와 클래시를 낳게 된다. 섹스 피스톨스가 무정부주의와 냉소로 사회를 비웃었다면 클래시는 레게를 비롯한 다양한 음악 장르를 아우르며 포용력 있고 진보적인 성향으로 펑크록의 완성이라 할 수 있는 〈런던 콜링〉을 만들어냈다. 정리해보면 패티 스미스-라몬즈-섹스 피스톨스-클래시로 연결이 되고 이들 모두는 같은 시기에 활동했다.

　　랭보가 패티 스미스를 제외한 다른 세 밴드들에게도 그만큼의 직접적인 영향력을 미쳤는지는 알 수 없다. 하지만 한 시대가 강요하는 관습과 지배논리에 대한 랭보의 냉소와 반항은 펑크정신의 뿌리가 되었고, 이는 비단 펑크의 대모라 불리는 패티 스미스뿐만 아니라 스스로를 랭보라 불렀고 패티 스미스에게도 많은 영향을 주었던 도어스Doors의 짐 모리슨을 비롯한 많은 예술가들과 작가들에게도 영향을 미쳤다. 어떤 이들은 펑크로커들의 헤어스타일이 랭보의 싹둑 자른 머리 모양을 따른 것이라 말하기도 한다. 랭보의 시와 삶을 보자면 '펑크'라는 단어만큼 그의 이미지와 어울리는 게 있을까. 어쩌면 그런 이유로 많은 이들이 랭보를 '펑크 시인Punk Poet'이라 불렀는지도 모른다. 그래서 나는 펑크록의 계보를 다시 이렇게 정리하고 싶다. 랭보-패티 스미스-라몬즈-섹스 피스톨스-클래시.

　　내 기억이 맞다면
　　한때 내 삶은 술잔이 흐르고
　　모든 이들이 서로의 가슴을 여는 잔치였다.

어느 날 저녁 나는 아름다움을 두 손에 안았다.

그리고 그것이 쓰다고 생각했고 그것을 모욕했다.

나는 내 안에서 인간들의 모든 희망을 시들게 만들었다.

성난 짐승의 고요한 도약과 함께

나는 모든 기쁨을 내리쳤고 목 졸라버렸다.

너의 모든 욕망과, 이기심과, 죄악과 함께 죽음을 구하라!

-「지옥에서 보낸 한 철」에서-

내가 랭보를 처음 알게 된 것은 아내를 사귀기 시작했을 무렵이었다. 서교동에 있던 그녀의 방에는 시집들이 많이 꽂혀 있었는데, 그중 한 권이 랭보의 『지옥에서 보낸 한 철』이었다. 어느 날 그녀는 그 시집을 꺼내 소리 내어 읽어주었다. 이때 나는 무슨 말인지 하나도 이해할 수 없었다. 이후 한국의 한 영화에서 랭보를 람보로 바꾸어 부르거나 그의 시에서 영감을 받은 듯한 한국시를 또다시 패러디하는 모습을 보고 그 이름을 다시 한 번 상기했을 뿐 랭보라는 이름은 오랫동안 내게 그다지 중요한 것이 아니었다.

그런데 캠던타운 주변에서 살게 된 이후 그가 갑자기 내 삶에 들어오게 된 것이다. 랭보가 우리 동네에 살았었다는 사실을 알고 그의 작품과 전기를 읽어보았다. 그리고 얼마 지나지 않아 랭보와 펑크록과 캠던타운의 연관성을 발견했을 때 마치 동네의 어느 구석에 숨겨진 보물이라도 찾은 양 흥분해서는 아내에게 내가 얼마나 대단한 것을 발견했는지, 또 우리가 얼마나 대단한 동네에 살고 있는지에 대해 일장연설을 늘어놓았다.

　랭보가 살았던 집을 처음으로 찾아간 날은 회색 하늘에 간간히 빗발이 날리는 전형적인 런던 날씨였다. 벽에 붙어 있는 '프랑스 시인 베를렌과 랭보가 1873년 5월부터 7월까지 이곳에서 살았다'는 글도 읽어 보고, 지금은 어떤 사람들이 살고 있나 하며 실례지만 창문 너머로 집안을 살펴보기도 하고, 또 기념사진도 찍었다. 그런데 근처에 있는 마켓은 사람들로 인해 북적거리면서 살아 있는 것 같은 데 반해 이곳은 끝자락으로 밀려난 듯 조용했다. 단 한 번 노부인이 지나가면서 간단한 인사말을 건넨 것 외에는 한참을 있어도 주변에 아무도 없는 그곳에서는 폭풍과도 같았던 랭보와 베를렌의 이야기마저 들리듯 말듯 사라져가는 메아리의 울림처럼 속절없고 부질없게 느껴지게 하는 '부재'로 가득했다. 나는 이런 쓸쓸한 느낌이 묘하게 좋았다.

　1820년대에 세워진 이 건물은 랭보와 베를렌이 살았던 런던의 집들 중 유일하게 남아 있는 집이다. 2004년에 영국 역사유적 보호 단체인 잉글리시 헤리티지English Heritage에서 블루 플라크를 달려고 했으나 건물 주인이 사람들의 주목을 끄는 것에 반대하여 무산된다. 그 후 프랑스 정부를 비롯한 많은 아티스트와 학계의 캠페인에 따라 구입 후에도 건물의 형태를 변형시키지 않고 건물의 역사에 대해 영예롭게 생각하는 사람에게만 매매될 수 있도록 함으로써 그때의 모습을 보존하고 있다. 2008년 새로운 주인이 생긴 이후 지

THE FRENC
PAUL VE
AN
ARTHUR I
LIVED
MAY-JU

금은 블루 플라크는 아니지만 두 시인이 여기에 살았다는 플라크가 현관문 오른쪽 벽에 붙어 있다.

열일곱 살의 천재 소년 랭보와 성공했지만 영감이 메말라 있었던 시인 베를렌이 런던에 온 것은 각자에게 절실했던 '시'를 찾기 위해서였다. 랭보는 편지에 이렇게 쓰고 있다.

> 나는 내가 시인이라는 것을 깨달았어……
> 시인이 되고자 하는 자의 첫 번째 일은
> 자기 자신에 대해 온전히 공부하는 것이지……
> 엄청난 고통이 따르겠지만 강해야만 해.
> 나는 위대한 무능력자가 될 것이며
> 위대한 범죄자가 될 것이며
> 위대한 저주받은 자가 될 것이며
> 최고의 과학자가 될 것이야.

그는 시인이 되기 위해 완전한 자유를 원했고 어떠한 두려움도 없었다. 그렇다 보니 베를렌과의 런던 생활도 파괴적인 것일 수밖에 없었다. 늘 술과 싸움으로 소란스러웠던 그 동행은 당연한 결과겠지만 사소한 말다툼 끝에 베를렌이 떠나버리면서 짧게 끝이 난다. 그에게 랭보는 감당하기에 너무 큰 자유였던 것이리라. 런던에 혼자 남겨진 랭보는 「지옥에서 보낸 한 철」의 '지옥의 밤' 부분을 절망과 분노로 썼다고 한다. 이후 그들은 브뤼셀에서 다시 만나게 되지만 베를렌이 랭보의 손에 총을 쏘는 소동 끝에 완전히 결별한다. 관습이나 틀에 박힌 위선을 조롱하고 상식을 넘는 파행마저도 서슴지 않았던 랭보의 그 시절이 끝이 난 것이다. 그리고 랭보는 고향으로 돌아가 자신이 관찰하고 실험했던 자아를 「지옥에서 보낸 한 철」이라는 시로 완성한다 이후 자신의 운명이 이 시에 달려 있다고 말하고 시 쓰기를 영원히 멈춘다. 이때 그의 나이 스무 살도 채 되지 않았다.

'한 철A Season'은 결국 끝난다. 랭보는 이런 한 철의 운명을 깨끗하게 받아들였다. 그러나 랭보는 바로 그 한 철 동안 지옥도 마다하지 않고 감행했던 자아에 대한 실험을 '시'로 남겼다. 그리하여 시는 다시 짐 모리슨, 패티 스미스, 라몬즈, 섹스 피스톨즈, 클래시 같은 수많은 사람들에게 자신들만의 새로운 한 철을 열게 하는 날카로운 영감이 되었다.

생각해보면 나는 '철'이란 것에 대해 별로 자각한 적이 없다. 그런데도 그것은 열리고 닫혔다. 나의 유년시절이 그러했고 내가 처음 마산에서 베이스 기타를 잡았던 록 밴드 시절이 그랬다. 그 속에서 사랑도 하고 이별도 했다.

마찬가지로 지금 살고 있는 이 시절도 문을 닫고 끝내야 할 때가 오면 여전히 깨닫지 못하고 있다가 나는 놀랄 것이다. 그러나 캠던타운에서 랭보를 발견하고 '철'이란 것을 자각하고 그 속에 머물 수 있었다.

캠던타운 근처에는 리젠트 공원, 프림로즈 힐, 그리고 햄스테드 힐이 있고 런던 최고의 번화가인 옥스퍼드 스트리트도 걸어서 갈 수 있는 거리에 있다. 수많은 펍이 있고 라이브 뮤직 베뉴가 있고 세계의 음식과 문화를 맛볼 수 있는 마켓도 있다. 하지만 무엇보다 우리가 그때를 '캠던타운에서 보낸 한 철'이라고 제목을 부쳐 기억하는 것은 바로 그 '랭보의 집'이 있었기 때문이다.

그 시절에 우리는 위대한 시인의 집 앞에서 회색 하늘 아래 흩날리던 차가운 빗발 같던 자유를 잠시나마 꿈꾸었다.

Blus Plaque

30 Camden Square, NW1, London

Amy Winehouse

에이미 와인하우스 — 사랑은 잃는 게임
런던 캠던타운 스퀘어 30번지

○ 나는 음악이 너무 반듯하거나 반대로 화려한 꾸밈으로 거추장스러우면 관심이 없어진다. 그러다 보니 거친 원석처럼 다듬어져 있지 않고 조금 비뚤어진, 어찌 보면 단순한 스타일에 꽂힌다. 그래서 당연하게도 록뮤직을 가장 좋아한다. 목에 핏대를 세워가며 로커가 노래를 부르면 몸속에 있는 모든 감정들이 한꺼번에 노래와 함께 방출되는 쾌감을 느낀다. 마치 높은 산꼭대기에서 사람들이 배에 힘을 꽉 주고 "야호!"라고 외치는 것처럼 존재에 대한 선언이자 누구의 눈치도 보지 않고 창자까지 드러내 보일 수 있을 듯한 몇

안 되는 순간을 록을 통해 맛보는 것이다.

하지만 가끔씩 이런 나의 음악장르에 대한 편협한 취향을 넘어서는 아티스트들도 있다. 에이미 와인하우스가 그중 한 명이다. 그녀의 목소리! 자연이 선물한 목소리란 바로 이런 것일 게다. 콘트랄토(여성 최저 음역대) 음색인 그녀의 노래를 들어본 사람들은 알겠지만 일단 목소리의 독특함 때문에 귀가 솔깃해진다. 물론 목소리가 아름답고 음악적으로 경지에 오른 가수들은 많다. 하지만 그중에서도 유독 그녀가 내 관심을 끄는 이유는 타고난 재능과 음악적 완성도 있지만 그보다는 변화무쌍한 그녀의 음악적 감성 때문이다.

그녀는 세계적으로 성공한 가수로서 대형 콘서트를 비롯해 수많은 공연을 했다. 그러나 그녀의 진가는 큰 무대보다는 오히려 작은 무대에서 더욱 빛을 발했다. 식당같이 멀건 조명에 몇 평 남짓한 작은 공간에서 10여 명의 관객을 앞에 두고 반주라고는 기타 하나(그것도 최대한 단순한 라인으로) 둔 채 그녀가 노래하는 영상을 본 적이 있다. 당시 유명세에 비추어봤을 때 턱도 없이 보잘것없는 무대라서 의아해하기도 했지만, 그보다는 공격적으로 보일 만큼 뿜어내는 그녀의 자신감에 사로잡혀 보는 내내 침도 삼킬 수 없을 정도였다. 잘 알려진 히트곡을 부를 때마저 매번 전혀 다른 곡처럼 자유자재로 부르는 그녀의 자유로운 음악적 영혼은, 완성되어 나온 요리가 아니라 마치 핏물이 흥건히 고인 육중한 살덩어리를 '텅!' 하고 내 앞에 내려놓은 듯 가슴이 덜컹 하는 전율을 선사했다. 그것은 '록

앤롤' 순간이었다.

나는 안다. 무대에 올라가 객석에 앉은 수많은 사람들 앞에서 연주한다는 것이 얼마나 공포스러운 일인지……. 아무리 공연을 많이 해서 경험이 쌓였다고 하더라도 그 두려움이 쉽게 사라지는 것은 아니다. 간혹 연주에 깊이 빠져 즐길 때도 있겠지만 의심과 나약함은 불현듯 찾아온다. 특히 관객의 세세한 반응과 숨소리까지 들리는 작은 공연장은 더욱 끔찍하다. 작은 실수마저도 그대로 드러나기 때문에 발가벗겨진 느낌이 들 수밖에 없을 것이다. 그래서 얼마나 부담스러운지 잘 알고 있다. 게다가 유명가수의 신분으로 실력이 그대로 보이는 그런 곳에서 에이미처럼 가슴으로 스-윽 하고 들어올 수 있다는 것은 존경스러운 경지다.

그것은 노래가 진짜 '감정'이 아니면 불가능하다고 감히 얘기하고 싶다. 우리가 마음을 터놓을 수 있는 사람은 한정되어 있다. 누구에게든 자신을 펼쳐놓는 행위는 위험하게 여겨지고 어리석다는 타박만 들을 뿐이다. 그러나 예술가는 소통한다. 음악으로든 글로든 계속해서 삶을 표현한다. 가장 뛰어난 예술가들은 어찌 보면 자신을 가장 잘 보여줄 수 있는 사람들인 것 같다. 에이미 와인하우스는 시퍼렇게 멍든 마음의 맨살을 과감하게 모두와 나누었고 다행히도 대중은 그녀에게 열광적으로 호응했다. 안타깝게도 스물일곱의 나이에 죽어버렸지만 말이다.

나는 우연히 내가 웨이터로 일하던 백화점에서 그녀를 한 번 본 적이 있다. 심하게 마르고 왜소한 체구의 소유자였는데, 그녀의 엄청난 목소리와 대비되면서 신기하다는 생각을 했었다. 그녀의 몸 어디에서 그런 힘 있는 소리가 나오는 건지……. 나는 〈눈물은 스스로 마른다Tears Dry On Their Own〉를 가장 좋아한다. 멜로디가 정말 끝내주는데, 마치 커피숍에 앉아 자신이 느낀 삶의 한 부분을 내 귀에 읊조리듯 얘기하는 듯한 그녀의 목소리는 후렴구에 가서 완전히 나를 매료시켜버린다.

음악적으로 그녀는 재즈, 솔, 팝, 레게, 월드뮤직 그리고 R&B를 절충한 크로스 장르의 싱어송라이터였다. 굉장히 독창적이고 현대적이지만 새로운 장르도 아니다. 과거의 것들을 자신의 것으로 완전히 이해한 다음 자유자재로 다시 재조합하여 자신만의 방법으로 재배열한 그야말로 에이미만의 새로운 장르다. 세상에 단 하나 존재하는 장르를 창조한 것이다. 이런 그녀의 창조성은 음악적 실험에만 그치지 않고 패션에까지 이어진다. 그녀는 자신의 셀프이미지를 그녀의 목소리만큼이나 독특한 레트로-스타일retro-style로 만들어낸다. 한때 그녀를 콘셉트로 한 패션쇼까지 열리게 되면서 프랑스 패션브랜드인 샤넬과 이탈리아 패션브랜드인 펜디의 수석 디자이너인 칼 라거펠트는 "에이미는 음악의 여신일 뿐만 아니라 천재다"라는 찬사를 보내기도 했다.

하지만 이렇게 순탄하기만 할 것 같던 그녀의 행로에 '한 남자'가 운명처럼 기다리고 있었다. 유일하게 사랑한 남자였지만 결국 자신을 파멸로 이끌었던 존재. 캠던타운의 한 술집에서 혼자 술을 마시다가 몇 마디 말을 나누자마자 바로 불같은 사랑에 빠져버린 그 사람! 하지만 그에게는 이미 여자친구가 있었고 사귄 지 얼마 되지도 않아 결국 원래 여자친구에게로 돌아가버린다. 슬픔과 절망에 빠진 에이미는 자신의 고통을 노래로 쓰게 된다. 이것이 〈백 투 블랙Back To Black〉이다.

> 후회할 시간조차 없이
> 마치 우리가 지내온 날들이 없었던 것처럼
> 너는 네가 익숙했던 곳으로 돌아가고
> 나는 괴로운 이 길을 밟으며
> 어둠으로 돌아간다
> 우린 오직 말로만 안녕이라 했고
> 나는 백 번은 죽고
> 너는 그녀에게로
> 나는 우리에게로 돌아간다
> 내가 널 많이 사랑했지만
> 사랑은 그것으로 충분하지 않고
> 삶은 파이프와도 같고
> 나는 그 속을 굴러 오르는 작은 동전과도 같아.

에이미 와인하우스

그녀의 마지막 앨범 타이틀이기도 한 이 곡은 같은 앨범에 수록된 〈리해브Rehab〉 그리고 팬들이 라이브 공연에서 가장 많이 든고 싶어 하는 〈발레리Valerie〉 등과 함께 에이미 와인하우스라는 이름을 세계적으로 유명하게 만들어놓은 곡들 중 하나다. 그녀는 각종 영국 음악 시상식에서는 물론 미국의 그래미 어워드에서도 상들을 휩쓸며 뮤지션이라면 누구나 꿈꾸는 영광들을 누린다. 그런데 성공이라는 이 찬란한 빛은 그것의 치맛자락에 깊은 그림자를 숨기고 찾아왔다. 앨범 발매 이듬해인 2007년, 사랑했던 그 남자와의 재결합(결혼)을 시작으로 그녀는 서서히 나락의 길로 떨어진다. 약물중독이었던 남편과 함께 그녀는 술과 약물과 폭력으로 파괴되기 시작했고, 그것을 기다렸다는 듯이 미디어들이 앞다투어 보도하면서 한때 그녀가 아니면 일면을 장식할 기사가 없을 정도가 된다. 얼마 후 남편은 절도, 폭력, 위증 혐의로 감옥에 가게 되고, 그를 끝까지 잊지 못하고 괴로워했던 그녀는 2011년 7월 23일 스물일곱 살의 나이로 자신의 방에서 알코올중독으로 숨진 채 발견된다.

　　이때 많은 팬들과 친구들 그리고 유명인사들이 그녀의 죽음을 슬퍼했는데 친구였던 러셀 브랜드가 24일 자신의 웹사이트에 올린 글 중 일부를 짧게 옮겨본다.

　　중독이라는 것은 그 물질의 종류나 사회적 지위에 상관없이 삶이 주는 고통을 마비시키기 위해 사람들이 돈을 주고 구입하는 편안함이다. 막을 수 있었던 에이미의 죽음은 이제 그녀가 죽음으로써 상관없게 됐다.

그녀가 죽었다는 소식을 들었을 때 나는 그녀의 노래를 처음 들었을 때만큼이나 충격을 받았다. 텔레비전에선 연일 그녀의 죽음을 애도하는 사람들과 수북이 쌓인 꽃다발들 그리고 촛불을 들고 밤을 지새우는 팬들의 모습이 보도되었다. 그녀의 노래는 유명한 가수가 죽으면 그렇듯 판매량이 급증했고 일간지나 소셜 미디어에서는 애도의 메시지가 쏟아져 나왔다. 나는 이런 현상들을 보면서 왜 많은 유명인사들이 다른 사람들로부터 이렇게 사랑을 받는데도 행복하지 않았던 걸까? 하는 생각을 했다. 뮤지션들을 다룬 책들을 보면 연도는 다르지만 에이미와 같은 나이에 죽은 최고의 여성 록 보컬 제니스 조플린 또한 굉장히 외로운 삶을 살았던 사람이라고 한다. 또한 너바나의 커트 코베인, 지미 헨드릭스, 도어스의 짐 모리슨이 모두 같은 나이에 죽어서 이들을 '27세 클럽'이라 부르기도 한다. 이들은 대부분의 사람들이 평생 가져보지 못할 사랑을 받은 극소수의 사람들이었지만 모순되게도 모두 외로움을 견디지 못하고 일찍 생을 마감한 사람들이다.

나와 아내가 그녀의 집을 찾은 것은 그로부터 몇 년이 흐른 뒤였다. 우리는 그녀가 캠던타운의 '굿 믹서', '홀리암스' 또는 '더블린 캐슬'이라는 술집에서 거나하게 술을 마신 뒤 비틀거리는 몸짓으로 걸어 올라갔을 법한 길을 따라 걸었다. 역시 영국 날씨답게 하늘은 회색이었고, 간간히 날리는 빗발은 허공 속에 칼자국을 그으며 우리의 얼굴에서 허물어졌다. 집은 보수공사를 마쳐 아주 깔끔해 보

였다. 집 맞은편에 있는 나무들에는 시든 꽃들과 새 꽃들이 서로 열을 다투며 꽂혀 있었다. 전 세계에서 모여든 팬들의 메시지들이 나무에 새겨져 있었다.

"널 절대 잊지 않을 거야."
"고이 잠드소서."
"당신을 사랑합니다."
"에이미에게로 돌아오다."
"나의 에이미."
"당신이 그립습니다."
"생일 축하해, 에이미."

이렇게 집도 보고, 꽃들도 보고, 팬들의 글도 읽어보며 한참이나 집 앞을 서성이던 나는 에이미가 원했던 것들이 과연 이런 것들이었을까 하는 생각을 했다. 수많은 팬들이 남긴 글들이 에이미에게 한줌 위안을 주었을까?

어쩌면 에이미는 대중으로부터 부러움과 존경을 사는 유명인사가 아닌 사랑받는 한 여자이길 원했을지도 모른다. 그녀는 공연장을 가득 메운 팬들이 기다리는 무대에 올라가 "사랑하는 남자가 곁에 없는 반쪽 마음으로 나는 노래를 부를 수 없다"며 공연을 취소한 적도 있다. 그러나 그녀가 가장 힘들 때 그는 곁에 없었다. 그 어떤 조건도 없이 그 남자 자체를 사랑했던 그녀! 남편과 쌍둥이를 포함한 다섯 명의 아이와 함께 행복한 아내이길 꿈꾸던 그녀! 그녀가 원했던 단 하나의 소망은 오직 '그 사람'이었던 건지도 모른다.

우리는 에이미의 집을 뒤로하고 어스름지기 시작하는 캠던타운을 향해 천천히 걸어 내려왔다. 에이미만큼 유명하지도 않고 또 앞으로도 그럴 일이 전혀 없을 무명 뮤지션에 불과한 나는 그 어떤 조건도 없이 나를 사랑해주는, 옆에 걸어가는 아내를 보며 '그렇다면 나는 에이미보다 행복한 것일까?'라는 생각을 해보았다. 그리고 "송" 하고 아내의 이름을 불렀다.

너를 위해 나는 불꽃이었다
사랑은 잃는 게임
너는 5층만큼이나 높은 불길로 왔고
사랑은 잃는 게임

단 하나 내가 절대로 플레이하지 않으려고 했던 것
아! 망쳐버린 우리의 사랑
그리고 이제는 마지막 불꽃
사랑은 잃는 게임

밴드에 의해 연주가 끝나버린
사랑은 잃는 게임

내가 견딜 수 없을 만큼
사랑은 잃는 게임

자칭…… 심오하다는
힘들어질 때까지는.
네가 모험을 좋아한다는 걸 알지만
사랑은 잃는 게임

비록 내가 맹목적으로 싸우긴 하지만
사랑은 운명을 받아들이는 것
추억은 내 마음을 엉망으로 만들지만
사랑은 운명을 받아들이는 것

신에 의해 웃음거리가 되어버린
쓸데없는 불화들
그리고 이제는 마지막 불꽃
사랑은 잃는 게임

- 〈사랑은 잃는 게임 Love Is A Losing Game〉-

이 노래는 그녀가 살아 있을 때 마지막으로 발매한 싱글이다.

54 Delancey Street, Camden, NW1, London

Dylan Thomas

딜런 토머스 – "딜리 딜리 죽으러 가자"

런던 딜런시 스트리트 54번지

○ 런던의 하늘은 우중충하다. 그리고 거의 비가 내린다. 간혹 이상하게 여름이 길기도 하지만 대체로 으슬으슬하고 축축한 겨울이라 생각하면 된다. 그래도 거기 오래 살다 보면 그런 날씨에 무감각해지나 보다. 오히려 어쩌다 한번 날이 화창하면 왠지 마음이 급해지고 흥분돼서 아무것도 제대로 손에 잡히지 않는다.

캠던타운에 있는 딜런의 집 앞을 처음 지나가던 날도 오전에는 햇살이 쨍쨍한 여름 날씨였다. 기분 좋은 외출이 되려니 생각하고 나왔는데 오후가 되자 비바람이 몰아치며 겨울 날씨가 되어버렸다.

얇은 옷을 걸치고 외출하면서 따로 두꺼운 옷을 챙기지 못한 나 자신을 원망할 수밖에 없었다. 그렇게 버스 정류장에서 잠시 비를 피하고 있는데, 눈앞에 짙은 먹구름을 뚫고 가증스러운 햇살 한 줄기가 떨어지는 것이 아닌가! 쳇! 나는 원수라도 바라보듯 그 햇살을 따라 건너편 집들의 벽을 더듬어 갔다. 거기에 딜런의 집이 있었다.

딜런 식으로 표현하자면

연어 빛깔의 짧은 햇빛 속에,

축축한 빗물에 흔들리며,

차 소리, 비 비린내, 매연, 내 얼어붙은 살이 서로 얽힌 곳에,

춤추는 비바람의 발굽에 죽어 나뒹구는 여름을 지켜보며,

그렇게 있었다.

이 집은 딜런이 런던에서 마지막으로 머무른 곳으로, 그의 시를 좋아한 한 후원자가 제공했다고 한다. 그는 1951년에 이 집의 지하층에서 아내와 세 명의 아이들과 함께 살았다. 1952년에 미국으로 시 낭독 투어를 떠난 뒤 그 집으로 다시 돌아오지 않았다고 한다.

나는 그때 근사한 커튼도 하나 없는 그 집 창문을 바라보며 멜랑꼴리해졌다. 웅웅거리는 바람 소리 속에서 낮고 떨리는 그의 목소리가 들리는 듯했다.

딜리 딜리 죽으러 가자

왜 갑자기 그 구절이 떠올랐는지 알 수 없다. 그의 시처럼 춥고

우울하고 조금 난해해진 상태에서 나 역시 술 생각이 났다. 이후 딜 런의 집 근처에 오면 가까이에 있는 허름한 동네 선술집에서 딜런 만큼은 아니지만 종종 맥주 한잔 하며 '그의 기술 또는 침울한 예술' 을 기억했다.

그 밤 속으로 순순히 들어가지 마시오

그 밤 속으로 순순히 들어가지 마시오.
늙은 나이는 저무는 하루에 타오르고 분노해야 할지니
분노하시오, 꺼져가는 저 불빛에 분노하시오.

똑똑한 자들은 마지막에 이르러 어둠이 옳다는 것을 안다고 하 지만
그들의 말들은 번개 한번 갈라본 적이 없으니
그 밤 속으로 순순히 들어가지 마시오.

착한 자들은 파도가 지나간 후
그들의 연약한 행적들이 녹색의 포구에서
얼마나 밝게 춤추었을지 억울해하며 울부짖으니
분노하시오, 소멸해가는 저 불빛에 분노하시오.

달아나는 해를 잡아 노래를 부른 거친 자들은

어느새 시간이 다 가버렸다는 것을 깨닫고 비탄에 잠겼으니
그 밤 속으로 순순히 들어가지 마시오.

보이지 않는 눈으로 봐야 하는 죽음이 가까운 심각한 자들에게
그 눈은 유성처럼 불타오르고 기쁨일 수 있으니
분노하시오, 꺼져가는 저 불빛에 분노하시오.

그리고 당신, 슬픔의 높이에 계시는 내 아버지
당신의 그 사나운 눈물로 나를 저주하고 축복하소서.
그 밤 속으로 순순히 들어가지 마십시오.
분노하십시오, 소멸하는 저 불빛에 분노하십시오.

23 Fitzroy Road, Camden, NW1, London

London County Council
William Butler YEATS 1865-1939 Irish poet and dramatist lived here

William Butler Yeats

W. B. 예이츠 & 실비아 플라스 − 나는 여기에 있다

런던 캠던 피츠로이 로드 23번지

○ 나는 등산을 할 때 일부러 고통을 즐긴다. 처음에는 정복욕 때문에 그것을 인내했지만 나중에는 차츰 고통 그 자체를 느끼기 위해 산을 오르게 되었다. 왜 그리 되었는지 여러 가지 이유를 댈 수도 있지만 그냥 고통에 단련되기 위해서라고 하면 대충 설명될 듯하다. 아무것도 일어나지 않는 조용한 평화를 불안해하며 견딜 수 없어 했던 어느 20대의 어리석고 실수 많았던 시간 뒤에 생긴 버릇이다. 산에 올라가다 보면 다리가 후들거리고 숨이 막혀와서 더 이상 자연의 아름다움 따위는 즐길 수 없게 되고 그때부터 진짜 등산

이 시작된다. 그러면 한발 한발 눈앞에 있는 가파른 돌길에만 집중하고 치명적인 헛발질을 하지 않으려고 온 정신을 쏟는다. 그렇게 조금씩 육체를 한계까지 밀어붙이면 마치 감각이 사라지는 듯하면서 고통으로 가득 찬 평화를 느낀다. 왠지 내 인생은 그래야만 하는 것인 양 당연하게 나는 스스로를 벌하고 또 스스로 용서받았다.

이런 나의 가학적인 등산 취미는 런던에 온 뒤 중단되었다. 무엇보다 그곳에 산이 없었기 때문이다. 그래도 높고 낮은 언덕은 많이 있다. 그러나 언덕은 산이 아니다. 그중에 제일 높다고 하는 언덕에 올라가도 숨이 조금 가빠지는 정도다. 정당한 수고도 없이 꼭대기에 올라가 시내 전체를 내려다볼 수 있는 것이 나에게는 과분하다는 생각이 들었다. 시간이 지나면서 차츰 복 받은 느낌의 언덕 오르기를 부분적으로 즐기기도 했다. 그러나 거기까지다. 영국 사람들처럼 잔디에 누워 여유롭게 휴식을 취하는 것은 쉽게 하지 못했다.

그날은 한여름이었다. 오전에 리젠트 공원을 한 바퀴 돌고 나니 뜨끈한 공기로 인해 약간 불쾌한 기분이 들어서 바로 옆에 위치한 프림로즈 힐로 갔다. 꼭대기에는 생각보다 바람이 많아 상쾌했다. 나는 더워진 몸을 식히며 그곳에 서서 시간을 좀 보내기로 했다. 잔디 위에는 사람들이 옷을 훌러덩 벗고 (어떤 분들은 팬티만 걸치신 채로) 누워 있는 것이 보였고, 아이들은 다람쥐처럼 여기저기 뛰어다니고 있었다. 그런데 풍성한 여름 나무들 너머로 보이는 도시는 열기 때문인지 신기루처럼 비현실적으로 보였다. 도시가 공기와 함께 너울거리며 내 앞에서 늘어진 춤을 추고 있었다.

나는 무의식적으로 이 도시에 와서 내가 머물렀던 집들이 있는 방향들을 하나 둘 더듬어 보기 시작했다. 저 울렁거리는 도시의 어느 쪽에 내가 살던 집들이 있을까? 런던에 와서 처음 한 달간 머물렀던 우중충한 반지하방이 있던 킬번, 외출한 사이에 내 방 천장이 무너져 내렸는데 보상은커녕 쫓겨났던 우드그린 지역, 부엌 쪽 전기가 수도로 누전되어 이사 나올 때까지 고무장갑을 끼고 위태롭게 부엌일을 해야 했던 마일앤드의 집 등등. 그리고 몇 번이나 짐을 싸고 풀면서 만났던 수많은 하우스메이트와 플랫메이트 들도 떠올렸다. 그런 식의 만남을 통해서는 친구를 만들 수 없는 것인지, 아님 내가 폐쇄적인 것인지 늘어나는 숫자만큼 공허함만 커져갔다. 몇몇 엽기적인 사람들도 있었지만 좋은 사람들도 있어서 처음에는 연락처도 주고받고 했는데 지금 내 손에는 아무도 남아 있지 않았다.

아! 이렇게 어느새 이국의 도시는 파노라마처럼 펼쳐진 거대한 몸뚱아리 위에 '나'라는 이방인의 이야기 또한 압정 크기만큼 미미하지만 날카롭게 품고 있었다. 이곳은 더 이상 낯선 곳이 아니었다. 그렇다고 친근한 곳도 아니었다. 나는 마치 아직도 잔디 위에 반 나체로 누워 있지 못하는 것처럼 어정쩡하게 그곳에 속해 있었다. 높은 산이 있었으면 하고 생각했다. 그리고 그곳을 내려왔다. 싱그러운 잔디는 발밑에서 고분고분한 노예처럼 지나치게 상냥했다.

갑자기 비위가 상한 나는 평소에 이용하던 리젠트 공원 쪽 길을 포기하고 피츠로이 로드를 통해 집에 가기로 했다. 그 길은 햇볕을 잔뜩 받아 거의 하얀색으로 보였다. 사실 이 길에는 윌리엄 버틀러 예이츠가 살았던 집이 있다. 나는 태양의 스포트라이트를 제대로 받고 있는 길의 중간에 그의 집이 있다는 것이 아주 적절하게 여겨졌다. 집은 마치 최고의 무대 위에 세워진 귀족적이고 고귀한 세트장처럼 보였다. 런던에선 흔하고 평범한 스타일의 집이지만 노벨문학상에 빛나는 아일랜드 국민시인 W. B. 예이츠가 살았다는 이유로 경외의 대상이 되고 좋은 징조로 여겨지는 것이다.

남편은 그 근처의 엔터프라이즈라는 아주 오래된 펍에 가면 (예이츠의 사진이 걸려 있다) 가끔 옆 사람에게 들릴 정도로 큰 소리로 시를 읊조리기도 했다.

> 술은 입으로 오고
> 사랑은 눈으로 오니
> 우리가 늙고 죽기 전에 알아야 할 진실은
> 오직 이것뿐이다.
> 나는 잔을 들어
> 그대를 바라보며 한숨짓는다.

공공장소에서 주목받는 것을 극도로 싫어하는 나는 항상 조용히 하라고 했지만 말이다. 남편과 달리 나는 비문에 쓰여진 그의 문구를 좋아한다.

삶과 죽음 위에

차가운 시선 던지고

기수여, 그냥 지나가시오!

런던 사람들은 조금만 날씨가 좋으면 죄다 잔디 쪽으로 몰려가서 누워 있다고 보면 된다. 그래서인지 그 낙 피츠로이 로드 쪽은 사람을 찾아보기 힘들었다. 나는 그의 집을 한번 쳐다본 뒤 그의 명대로 그냥 지나가면서 텅 빈 거리를 생각에 생각으로 가득 채웠다.

'예이츠는 대단한 작가였지. 그래서 노벨상도 받은 거고, 게다가 민족주의자로 아일랜드인들에게 존경받으면서 장관직도 했지. 짝사랑도 사랑도 원없이 했는데, 그런데도 엄청 나이 어린 아내가 모든 것을 눈감아주면서 가정을 지켜주었으니…… 복도 많으셔…….'

예이츠처럼 자신의 세계를 마음껏 작품으로 표현하고 또 그것을 세계적으로 인정받는 기분은 어떤 걸까? 나는 점점 그의 시보다는 작가로 성공했던 그의 인생에 대한 질투로 무너져 내리고 있었다. 그 순간 예이츠가 마치 전시장에 걸려 있는 세계 최고의 명작들 중 하나로 느껴졌다. 볼 수는 있지만 만질 수는 없다! 그는 분명 영롱한 영감을 주는 존재이지만 동시에 도저히 달성할 수 없는 높이에 있어 숨 막히게 하는 존재이기도 했다. 싸구려 좌석에 앉아 힘들게 쇼를 관람하는 관객은 무대 위에서 찬란한 의상과 천재적 재능으로 객석을 압도하는 스타에게 손바닥이 아프도록 박수를 쳐야 하

는 것이겠지.

집에 도착했을 때 나는 땀에 흠뻑 젖어 있었다. 그래서 당장 샤워실로 들어가 찬물을 뒤집어썼다. 물은 땀과 함께 귓가에서 풀풀 날리고 있던 소음과 머리카락 하나하나에 박혀서 꼬여버린 잡념을 씻어내기 시작했다. 늘어질 대로 늘어졌던 모공들이 하나 둘 단단해지기 시작하자 예이츠의 집에 살았던 또 다른 시인이 떠올랐다.

'실비아 플라스.'

그녀는 예이츠의 집에서 서른 살에 자살한 여류시인이다. 나는 날이 선선해지면 그 집 앞에 다시 가보기로 마음먹었다.

밤이면, 나는 바람을 피해 뿔을 닮은 당신의 왼쪽 귀 옆에 쭈그려 앉아
붉은색과 자두색 별들을 헤아리지요.
태양은 당신의 혀 기둥들 아래로 떠오릅니다.
나의 시간은 그림자와 결혼했지요.
이제 더는 표정 없는 항구의 돌 위에서
배가 삐거덕거리는 소리를 듣지 않을 것입니다.

-실비아 플라스, 『거대한 조각상』에서-

실비아 플라스가 '예이츠의 집'에 살았던 해의 겨울(1962~63년)은 100년 만에 찾아온 최고의 추위로 기록될 만큼 지독한 것이었다

고 한다. 남편과 별거 중이었던 그녀는 어린 두 아이와 함께 파이프
는 얼고 전화도 없는 집에서 우울증으로 고통받고 있었다. 그러나
출구가 봉해진 단단한 상자 같은 현실 속에 혼자 남겨진 그녀는 열
정적으로 시를 썼다.

> 내가 걸어 들어가는 이 대학살은
> 바로 나의 가슴이다.
>
> *-실비아 플라스, 『마리아의 노래』에서-*

나는 그녀의 시들이 좋다. 폭발하는 그녀의 감정들이 낯익다.
우리가 일상 속에서 이쪽저쪽으로 차이는 감정들이다. 그래서 실비
아의 시는 내 손 위에 당겨진 불꽃 같다. 고통스럽고 따갑고 불편하
고 상처를 남긴다. 그런데 그것이 직설적으로 온몸을 태워 없애버
리면 이상하게도 고통스런 슬픔과 함께 해방감이 밀려온다. 그리고
아름답다고 느껴진다. 감동이다.

그녀는 깨달음을 준다거나 미천한 나를 바른 길로 이끌려고
하지 않는다. 단지 스스로의 삶을 지극히 추한 부분까지 폭로하고
드러내버린다. 그래서 철저하게 옷입고 있는 불편한 나에게 벌거벗
는 자유를 보여준다. 적당히 가리거나 화장하지 않고 지상을 거닐
었던 그녀와 그녀의 시가 내 삶 위에 군림하는 것이 아니어서 좋았
다. 문인으로 성공하고 한 남자의 아내로 사랑받고 아이들에게 훌
륭한 어머니이고 싶었던 그녀의 모든 바람들 중 어느 것 하나 제대

로 이루지 못했지만 작은 불꽃이었더라도 기어코 타올랐던 그녀에게 손바닥이 아프도록 박수를 쳐주고 싶다.

　　짧은 여름이 지나가고 순식간에 낙엽이 쓰레기처럼 쌓이는 가을이 온 뒤 다시 '예이츠의 집'을 찾아갔다. 실비아는 이 집에 이사 오면서 '예이츠의 집'이라는 것을 알고 나처럼 '좋은 징조'라고 했다 한다. 집은 보수공사를 하는지 비계가 빡빡하게 설치되어 있었다. 예이츠의 그 '황금사과'가 뚝뚝 떨어질 것 같았던 여름 태양은 사라지고 사방이 하나의 거대한 그림자 같았다. 빛이 하얗게 지워버렸던 얼룩들, 말라서 바삭거리던 색의 원래 모습, 그리고 짙은 그림자가 감추고 있던 다양한 것들이 보였다. 그래서인지 공사 천막이 간혹 바람에 푸드덕거리고 있는 이곳이 마치 다른 곳처럼 보였다. 마치 '실비아 플라스의 집'으로 보였다.

　　실비아는 우울증 환자였고 여기서 그 지독한 병으로 세상을 떠났다. 그러나 안타깝게도 남겨진 일기나 작품은 삶으로 가득 차 있다. 글 속에서 그녀는 욕망과 질투로 인해 안절부절 못하면서도 여성으로서의 진정한 자신을 압제하는 외부의 모든 '힘'들에게 뜨겁게 분노하는 깨어 있는 시인이었다. 결국 병을 극복하지 못했지만 완전히 병마에게 먹혀버리기 직전까지 있는 힘을 다해 글을 써 내려갔고, 시를 통해 고통 너머에 있는 삶의 완전무결한 아침이슬 같은 순간을 손에 쥔 행운아였다. 그녀 자신은 미처 깨닫지 못했을 수도 있지만 말이다.

"푸드덕, 푸드더더덕······" 하고 공사 천막이 몸부림치는 소리가 다시 들렸다. 나는 이 오래된 3층짜리 건물 위에 무수하게 꽂혀 있는 보이지 않는 삶의 압정들을 그려 보았다. 모두 이 집에서 자신들만의 역사를 만들고 사라졌으리라. 내가 그들의 눈물과 웃음, 피와 살들의 전부를 상상해낼 수는 없다. 그러나 그날 예이츠와 실비아라는 아름다운 이름 두 개는 찾을 수 있었다.

그들이 여기 이 장소에 살았다.

집으로 돌아오는 길에 버릇처럼 프림로즈 힐을 올라갔다. 태양의 마법이 사라진 잿빛 하늘 아래 도시는 오히려 선명했다. 그래서인지 건물들이 앞으로 성큼 다가와 있는 듯 현실적으로 보였다. 나는 다시 이곳저곳에 내 삶의 순간들을 압정처럼 꽂아보았다. 도시가 이따금 아픔으로 흔들렸다. 그래도 나는 기어코 도시의 시퍼런 맨살 위에 특별하지도 높지도 않은 나의 싸구려 압정들을 단단히 다시 꽂았다. 그리고 언덕을 오르는 일도 산을 오르는 것만큼 꽤 괜찮다고 생각했다.

나는 여기에 있다.
나는 싸구려 압정이다.

기다려보시라!
그래도 내 압정은 끝날 때까지 꽂혀 있을 것이다.
결국 압정이란 붙어 있으라고 만들어진 것이니

싸구려라고 무시해도 소용없다.
붙어 있으니 최고의 압정이다.

나는 여기에 있다.

28 Dean Street W1, London

Karl Marx

카를 마르크스 – 무덤 앞의 이상한 슬픔

런던 딘 스트리트 28번지

○ 2002년 한일 월드컵이 끝나고 그해 10월 31일에 우리는 런던으로 떠났다. 뚜렷한 목적이나 대책도 없이 전세금 전부를 털어 시작한 여행이었다. 지금 생각해보면 참 무모한 시도였지만 당시 어렸던 우리는 망설이지 않았다. 그러나 긴 비행시간이 끝나고 하늘에서 땅으로 내려온 순간부터 만만치 않은 시간들을 대면해야 했다. 런던 히드로 공항의 하늘은 잔뜩 비를 품은 시커먼 먹구름으로 도시를 감추고 마치 들켜서는 안 될 비밀이라도 있다는 듯이 의심의 눈초리로 한국에서 온 이방인들을 맞았다.

문제는 영국으로 들어가는 첫 관문인 입국 심사대에서부터 시작되었다. 필요한 모든 서류를 꼼꼼히 준비해서 제출했는데도 심사관은 웬일인지 우리를 통과시켜주지 않았던 것이다. 이유도 모른 채 대기 상태로 수많은 여행자들이 불과 몇 분 만에 통과하는 그 선을 넘지 못하고 여섯 시간을 기다려야 했다. 같은 질문에 몇 번을 다시 대답하고 우리가 가지고 있던 모든 짐을 어떤 사람이 다 뒤지고 나서야 "여기가 오늘 좀 바빴어. 미안해" 하며 보내주는 것이었다. 아직도 그 심사관이 왜 우리를 긴 시간 동안 공항에 묶어뒀는지 정확한 이유는 모른다. 그러나 그것이 바로 남의 나라에서 외국인으로 산다는 것의 시작임을 그때는 완전히 이해하지 못했다. 밤 10시 경에야 겨우 벗어난 공항 밖에서 처음 본 런던에는 낯선 비가 내리고 있었다. 나는 갑자기 한기를 느꼈고 그해 겨울 내내 감기 몸살에 시달렸다. 그리고 날씨 하나 제대로 적응하지 못하는 부실한 몸을 폄하하며 나는 새삼 내가 왜 한국을 떠나와야 했는지 다시 생각하게 되었다.

그때 나이 서른네 살, 일정한 수입도 없고 그렇다고 남들과 다른 '원대한 꿈'이 있는 것도 아니었던 나는 비난받았다. 주변 대부분의 친구들은 자신의 운명을 이해하고 어떻게 살 것인가를 터득한 것처럼 보였지만 나는 도무지 그것을 알아낼 수가 없었다. 게으르기 때문이라고 했다. 그래서 떠났다. 어떻게 보면 내 행동이 용감한 결단으로 보였을 수도 있겠지만 사실은 비겁한 행위였다. 구석구석 잘 아는 거리에서 시작하지 못하자 낯선 곳을 욕심낸 것일 뿐이었으니까. 내가 모르는 새로운 가능성이라는 부푼 기대로 포장된 도망이었던 것이다. 그랬기 때문에 당연하게도 이국의 일상에서 견뎌내야 하는 사소한 문제들에 쉽게 실망하고 마치 지독하게 떨어지지 않던 감기처럼 집요하게 나 자신을 불신했다. 이런 생각을 하며 의기소침하게 보내던 어느 날 한국에서 연락이 왔다.

지인들 몇 명이 런던으로 여행을 오는데 가이드를 해달라는 것이었다. 나 자신도 온 지 몇 달밖에 안 된 처지라 걱정이 되긴 했지만 그렇게 하기로 했다. 지인 일행이 런던에 도착한 것은 3월 말이었다. 계절은 봄이었지만 겨울이 아직 남아 있어 여전히 춥고 축축했다. 그래도 여기저기 노란 수선화들은 호들갑스럽게 일찍 피어 있었다. 처음 며칠간 그들이 런던의 명소를 중심으로 다녔기 때문에 안내하는 데에 큰 어려움을 느끼지는 못했다. 그런데 셋째 날이 되자 누군가 갑자기 마르크스의 무덤에 가보자고 했다. 나는 일단 마르크스가 독일인일 텐데 왜 영국 런던에 묻혀 있지? 하는 의문이 들었다. 그리고 생각해보니 그 유명한 마르크스에 대해 이름 말고는 아는 것이 별로 없다는 것을 곧 깨달았다. 아무튼 다른 사람들 역시 그곳에 가고 싶다고 해서 추종자와 반대자들 사이에서 말도 많고 탈도 많은 마르크스의 무덤을 찾아가기로 했다.

다음날 오전 우리는 아치웨이 역으로 간 뒤에 그곳에서 하이게이트 공동묘지의 묘까지 걸어갔다. 가는 길에 날씨가 어찌나 춥고 비가 오락가락하는지 내심 빨리 일정을 끝내고 집에 가고 싶은 생각뿐이었다. 입장료를 내고 들어선 공동묘지는 날씨만큼 으스스했다. 아직 채 옷을 입지 못한 나무들은 벌거벗은 몸을 바르르 떨며 고통스런 삶을 견디고 있었고, 수많은 죽음을 상징하는 비석들은 빗발 섞인 바람에 서서히 부서지며 영원히 살아질 날만을 기다리고 있는 듯했다.

　마르크스의 무덤을 찾는 것은 그리 어려운 일이 아니었다. 입구에서 지도를 나눠주기도 하지만 그저 길을 따라 묘지 안쪽으로 걷다보면 다른 비석보다 큰 마르크스의 비석을 놓칠 수가 없다. 작고 보잘것없었던 그의 무덤을 추종자들이 새로 이전한 것이라고 하는데, 그의 두상이 커다랗게 조각되어 꼭대기에 장식되어 있는 것이 왠지 마르크스가 본다면 싫어했을 것만 같았다. 나는 사람이 죽고 난 뒤 그의 부재 속에서 일기나 편지 같은 개인의 내밀한 기록들이 모르는 자들에 의해 허락 없이 열람되고 자신의 얼굴이 제멋대로 만들어진다는 것이 끔찍한 일이라고 생각하기 때문이다. 물론 이것은 그저 나의 사소한 시각일 뿐이다. 이렇게 인적이 드문 공동묘지에서도 죽은 유명인의 커다란 얼굴조각상을 발견할 수 있는 것을 보면 대부분의 사람들은 그리 생각하지 않는다는 뜻이리라.

　그런데 내가 이렇게 거만한 자세로 투덜거리고 있는 동안 나와는 다르게 같이 간 일행들은 마치 중국 무협영화에서 무술고수를 만난 주인공처럼 겸손한 것이 아닌가! 그들은 비문에 새겨진 글들도 읽고 주변을 초조하게 어슬렁거리면서 엄숙한 분위기를 자아냈다. 뭔가 그들 머릿속에서 움직임이 일고 있었던 것이다. 어제까지만 해도 공원에서 다람쥐를 발견하면 좋아서 깔깔거리며 쫓아다니던 천진난만한 관광객들이었는데, 그래서 영국에 몇 달 먼저 온 짧은 지식을 한껏 뽐내며 내가 이끌고 있었는데 오늘 여기서 그들은 전혀 다른 사람들로 보였다. 그들은 저 시커멓고 못생긴 조각이 얼마나 우스꽝스러운지에 조금도 관심이 없었고 그저 그곳을 둘러싼 공기로부터 어떤 중요한 요소를 들이키기라도 하듯 깊게 숨 쉬고 있었다. 나는 그들과 그리고 그전의 방문자들이 남긴 빨간색의 초와 마른 꽃들이 만들어내는 풍경 속에서 비극은 아니지만 이상한 슬픔 같은 것을 느꼈다. 그렇게 그곳에서 잠시 시간을 보내던 우리 일행은 무덤을 방문한 한국인들이 늘 하듯 가져온 소주를 뿌리고 그곳을 떠났다.

　　나는 87학번이다. 1987년 이전에 입학했던 선배들만큼은 아니지만 나름대로 살벌한 대학시절을 보냈다. 대학생이 되기 전에는 보수적인 가풍 덕분에 안전하고 평화로운 어린 시절을 보낼 수 있었다. 그러나 동시에 사회에 대해 전혀 모르고 있었다. 그런 상태로 대학에 입학하고 나니 혼돈스러웠다. 학생들은 교실이 아니라 거리에서 더 많은 시간을 보냈고 거리는 돌과 화염병 그리고 최루탄으로 아수라장이었다. 나는 옳고 그름을 판단할 수 있는 능력이 없었고 그런 내 자신이 한없이 초라하게 느껴졌다. 그래서 마음이 시키는 대로 이리저리 방황했다. 그때 주워들은 것들 중에 하나가 마르크스다. 하지만 마르크스를 포함한 철학책들은 내게 너무 어려워서 읽고 이해하기는커녕 몇 장 넘기지도 못하고 대학생활을 끝내야 했다. 그 후 그 이름은 그저 고차원적인 대화에 나오는 이론들의 상징 같은 것이 돼버렸다. 나는 온갖 철학용어들이 뿜어내는 근접할 수 없는 기운들을 싫어한다. 뭐가 그렇게 어려운 단어들이 필요한 건지. 결국 사는 것에 대한 얘기들일 텐데…… 게다가 마르크스는 이념으로 분단된 나라 한국에서 위험한 사상가라는 선입견이 있지 않은가! 자연스레 나는 그 이름을 잊었다.

그런데 그의 무덤을 방문한 후 다시 궁금해지기 시작했다. 소련도 해체되고 중국도 자본주의를 일부 받아들이고 있는 상황에서 무엇이 그를 기억하게 하는 건지. 왜 아직도 마르크스가 BBC에서 한 설문조사에서 역사 이래 가장 영향력 있는 철학자 1위에 뽑히고 있는 건지 궁금했다. 그래서 그의 집을 찾아가보기로 했다.

마르크스의 집 주소는 딘 스트리트 28번지인데 이 거리는 소호라는 지역에 포함되어 있다. 소호는 경계가 공식적으로 정해져 있는 것은 아니지만 대체로 북쪽으로 옥스퍼드 스트리트, 서쪽으로 리젠트 스트리트, 남쪽으로 레스터 스퀘어, 동쪽으로 채링 크로스 로드로 보는 것이 일반적이다.

그의 집을 찾아가는 날, 나는 피카딜리 서커스의 분수를 지나 차이나타운으로 가다가 옥스퍼드 스트리트 쪽으로 나 있는 골목을 통해 딘 스트리트로 가는 방법을 택했다. 골목을 따라 죽 가다보면 양쪽에 3층에서 4층 정도의 벽돌건물들이 주로 보인다. 빌딩이 세워진 시기와 용도에 따라 조금씩 다른 모양의 창문과 지붕 모양을 하고 있지만 대부분 네모난 박스가 쌓인 듯한 형태의 비슷한 건물들이다. 또한 소호 지역이 다양한 극장, 호텔, 음식점 들이 복잡하게 뒤섞여 있는 곳이다 보니 건물 1, 2층은 대부분 상가로 사용하고 있다. 마르크스의 집은 골목 중간쯤에 자리하고 있다. 위쪽 벽이 연한 노란색으로 칠해져 있고 아래층은 식당으로 운영되고 있는 이 지역에서 흔한 플랫 건물의 3층에 있기 때문에 쉽게 지나쳐버릴 수도 있다. 그는 식구들과 함께 이 방 두 개짜리 집에서 1851년부터 1856년까지 살았다. 거리로 향한 쪽에 거실이 있었다고 하니 마르크스가 블루 플라크 옆에 나 있는 창문으로 바깥을 내려다보곤 했으리라.

당시의 영국은 빅토리아 시대였다. 산업혁명으로 자극받은 사회는 엄청난 속도로 변화하고 있었다. 변화는 발전과 기회를 가져다주었다. 그러나 불행히도 어둠 또한 깊었다. 농업에 종사하던 사람들이 일자리를 찾아 대거 도시로 몰려들자(1800년대 말에는 80퍼센트의 잉글랜드 사람들이 도시에 살았다) 수용할 집들이 부족해 주거환경은 끔찍한 수준이 되었다. 덕지덕지 붙은 집에서 살던 사람들이 더러운 하수도에서 시작한 각종 전염병으로 대량 죽어나가고 생계를 위해 심지어 네 살짜리 아이들까지 탄광 등에서 일해야 했다.

그러나 가난한 자들에게는 지옥이었지만 상류층은 낙원을 누리던 시절이었다. 그들은 전기가 들어오는 집에서 파티를 하고 옷차림이나 그들만의 예법을 가지고 수군거리는 것으로 하루를 보냈다. 그러면서 그들은 하류층의 가난이 스스로 자초한 것이고 만약

도덕적으로 바른 선택을 했다면 그렇게 살지 않았을 것이라고 여겼다. 따라서 사회가 가난한 자를 대하는 가장 좋은 방법은 무시하는 것이라고 생각했다. 이러한 시대의 일반적인 조건 속에서 특히 마르크스가 살았던 딘 스트리트의 집은 최악의 거주지였다. 마치 가축우리 같다고 표현한 이곳에서 마르크스의 자녀들 중 세 명이 죽었으며, 옷이 전당포에 저당잡혀 밖으로 나갈 수 없을 정도로 가난했다.

내 심장이 피를 흘리고 머리가 불탄다.

이것은 마르크스가 자신의 아이를 잃고 한 말이라고 한다. 나는 가난한 아버지로서 그가 느꼈을 고통을 가늠할 수 없다. 그렇다고 어떻게 행동해야 그런 종류의 슬픔을 올바로 극복하는 건지도 알지 못한다. 아니, 극복한다는 것이 어떤 의미인지조차 모른다. 그러나 이런 모진 삶을 짊어지고도 계속되었던 그의 연구와 글쓰기 작업을 생각해보면 점점 더 내가 닿을 수 없는 높은 경지로 느껴지는 것은 어쩔 수가 없었다. 그는 개인적 불행에 머무르지 않고 사회 전체를 집요하게 분석함으로써 열 살이 채 안 된 아이들이 탄광에서 죽어나가는 것은 그들의 잘못이 아니며, 하루에 열여섯 시간씩 일하고도 가난에 찌들어야 한다면 그것 또한 도덕적 선택의 결과가 아니라 오히려 사회적 모순의 결과라는 것을 증명하려 했다. 사실 만화로 된 『자본론』을 겨우 읽어낸 내가 그의 사상을 논하는 것은 부적절하다. 다만 헐렁한 『만화 자본론』에서도 내가 강하게 느낄 수 있었던 것은 그의 시각이 가난하고 소외된 자들을 향해 열려 있었다는 것이다.

시대를 딛고 철학자로서 자신이 옳다고 생각하는 사명을 완수한 뒤 죽는 순간 "할 말을 다했으니 유언으로 남길 것이 없다"고 할 수 있었던 사람 마르크스.

나는 그가 고단한 삶을 인내하던 딘 스트리트에 서서 영국의 국기 유니언 잭이 양쪽으로 휘날리는 어두운 창문들을 바라보았다. 그리고 그 어둠 속에서 『자본론』의 예언이 빗나갔음을 웅변하는 현실이 아니라, 두려움 없는 생을 살다간 인간 마르크스와 그 '이상'의 치열한 깊이를 보았다. 마르크스의 집을 방문하고 그에 대해 생각해본 시간들은 내 일상에 영감을 가져다준 이벤트였다. 도망만 다니던 자신감 제로의 나에게 망설임 없었던 그의 생애는 감당하기 힘든 무게를 지니고 있었지만 그래도 좋은 자극이 되었다.

그 후 10여 년이 지났지만 그래도 나는 여전히 나다. 힘들면 좌절하고 돈 없으면 우울하다. 그리고 아직도 자유가 먼저냐? 평등이 먼저냐? 하는 철학적 논쟁을 들으면 금세 잠이 온다. 그러나 그날 마르크스의 무덤과 그의 집 앞에서 느꼈던 두근거림은 나에게 가장 소중한 수집품 같은 것이 되었다. 앞으로도 대부분의 시간을 소인배로 살아갈 테지만, 그래도 내 마음속에 쌓여 있는 잡동사니들 틈에 이런 순간의 깨달음, 감동 같은 것을 넣어둘 수 있어서 다행이다.

카를 마르크스

나는 작고 단단한 그 수집품들을 수시로 만지작거리기도 하고 툭 하면 자랑스레 꺼내놓기도 하면서 런던이라는 이국의 12년을 살아 냈다.

-카를 마르크스의 비문-

만국의 노동자여 단결하라

카를 마르크스

예니 폰 베스트팔렌, 카를 마르크스의 사랑스런 아내

1814년 2월 12일 출생

1881년 12월 2일 사망

그리고 카를 마르크스

1818년 5월 5일 출생

1883년 3월 14일 사망

그리고 앙리 롱게, 그들의 손자

1878년 7월 4일 출생

1883년 3월 20일 사망

그리고 헬레네 데무트

1823년 1월 1일 출생

1890년 11월 4일 사망

그리고 엘리노어 마르크스, 카를 마르크스의 딸
1855년 1월 16일 출생
1898년 3월 31일 사망

철학자들은 다양한 방식으로 세상을 해석하기만 해왔다.
하지만 중요한 것은 그것을 변화시키는 것이다.

카를 마르크스

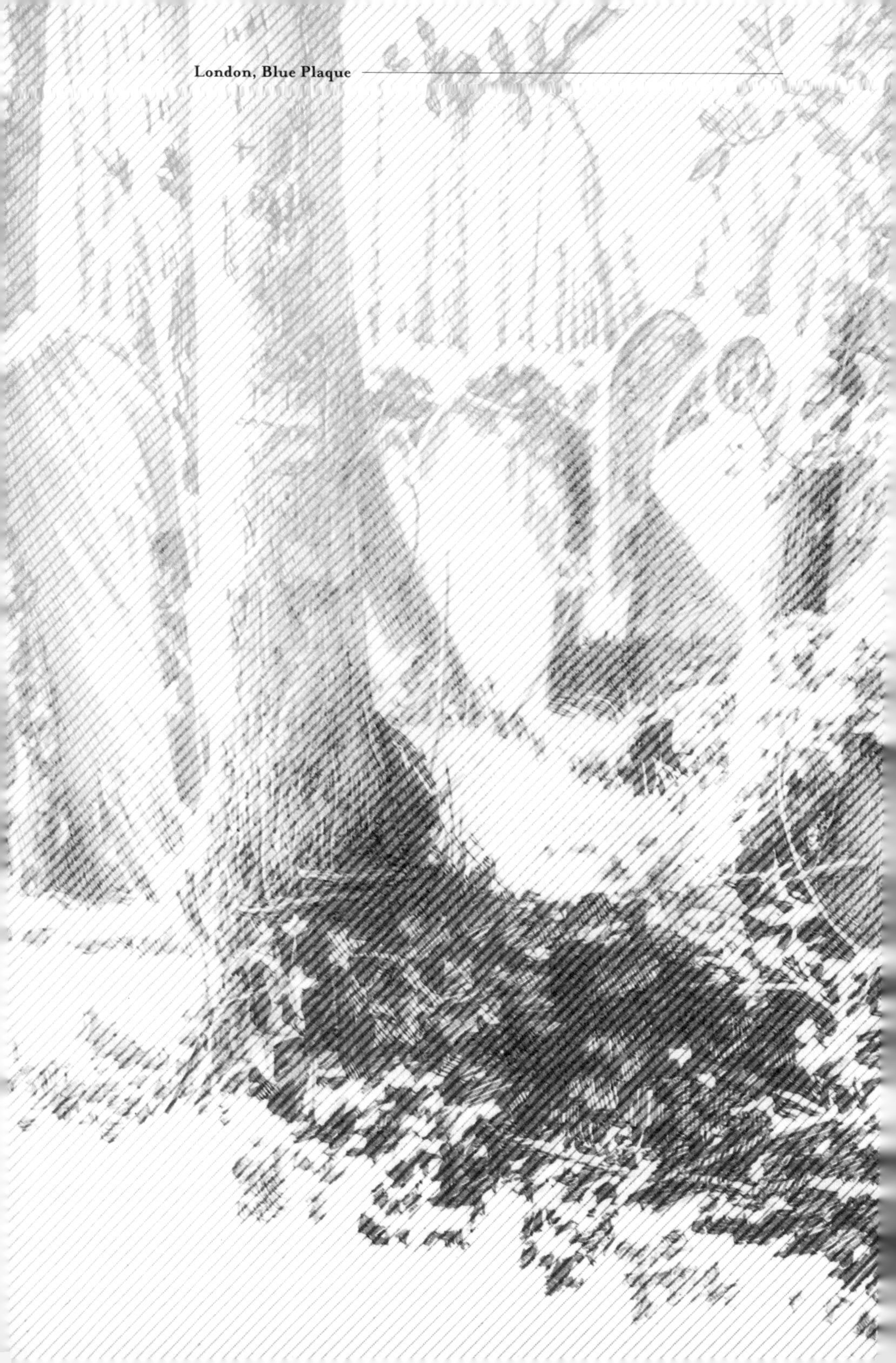

챕터 III

Camden III

Keats House (Wentworth Place), Keats Grove, London

John Keats

존 키츠 — 빛나는 별

런던 햄스테드 키츠 그루브 키츠 하우스(웬트워스 플레이스)

○ 세상 어느 곳에 살든지 마찬가지겠지만 런던으로 온 뒤 어려움에 처해서 괴로웠던 적이 많다. 특히 내 나라가 아니기 때문에 낯선 얼굴을 한 그 문제들은 이해하기 힘든 언어만큼 과대해져서 다가왔다. 모든 것이 익숙한 배열이 아니었으므로 당황하면서 더 힘겹게 답을 찾아야 했고 또 끝도 없었다.

그런 시간들을 보내던 어느 날, 창가에 서서 템스 강을 바라보고 있자니 저 흘러가는 물처럼 흔적 없이 조용히 사라지고 싶다는 생각이 들었다. 내가 지금 뭐하고 있나? 가족도 친구도 떠나서 내가 이루려고 했던 것이 뭔가? 열 시간 넘게 날아와 도착한 곳에서 내가 느낄 수 있는 자유라는 것이 고작 이런 거였나? 모든 것이 의미 없는 것으로 느껴졌다. 런던에 오기 전 한국에서 상상했던 템스 강은 새로운 공간이자 모험을 의미했다. 하지만 막상 지금 내 눈앞에 그 강이 흐르고 있지만 강은 다시 지루한 일상의 공간이 되어 탁한 물색만큼 무겁게 내 마음을 짓누르고 있었다.

항상 내일은 저 산 너머에서 반짝이는 손짓으로 나에게 움직이라고 한다. 그러면 오늘 메마른 땅 위에 서 있는 나는 목마름을 안고 그 산을 넘어간다. 그런데 막상 그곳에 당도하면 내일은 어제와 똑같은 오늘이 되어 피곤한 내 몸을 쉽게 배신해버린다. 그래도 그곳에만 머물 수 없으니 나는 다른 기대를 품고 내일이란 이름의 산을 계속 넘어가야 하는데 넘고 또 넘어서 이제 내 나이 40이 되었지만 나는 여전히 실망하고, 부서져서 쪼글쪼글하다. 경험의 통계로 봤을 때 근거 없는 낙관의 안개가 걷혔을 때 내가 확인할 수 있는 것은 '삶'은 그냥 '무'라는 것이었다. 결국 그렇게 끝나게 되어 있는 건가? 그런 생각을 하며 멍하게 있었다.

그런데 습관적으로 튼 텔레비전에서 존 키츠의 일생을 다룬 영화 〈빛나는 별Bright Star〉을 시작하는 것이었다. 평소 제인 캠피언 감독의 느리고 섬세한 스타일을 좋아하기도 하지만 키츠와 패니의 사랑 이야기는 정말 너무나 절절해서 보는 내내 왜 그리 눈물이 나는지……. 마지막에 여주인공이 키츠의 시를 낭독하는 부분에 가서는 대성통곡을 하며 울었다. 자정쯤에 일을 끝내고 돌아온 남편은 내가 우는 것을 보고는 깜짝 놀라 무슨 일이냐며 물었는데 영화 때문이라고 하자 황당해했다.

존 키츠는 영국 후기 낭만파의 대표적 시인 중 한 명이다. 세 명의 대표 낭만파 시인들 모두 요절했지만 키츠가 살다간 25년의 삶은 너무나 짧은 것이었다. 마치 마시기도 전에 박살난 술병처럼 낭비되어버린 시간의 거품들과 고통의 파편으로 가득 차서 시뻘건 술이 사방으로 흐르는 그런 것이었다.

그의 이야기는 이렇다. 1795년 가난한 집안의 첫째 아들로 태어난 키츠는 여덟 살 때 아버지를 낙마사고로 잃는다. 두 달 뒤 재혼한 어머니는 아이들을 할머니에게 맡긴 뒤 떠나지만 다시 돌아와 키츠가 열네 살 때 폐결핵으로 사망한다. 이쯤에서 그의 경제적 어려움은 충분히 예상이 된다. 그래서인지 키츠는 처음에는 꽤 진지하게 의학 공부를 시작한 모양이다. 약사 자격증까지 땄지만 1816년에 경제적 어려움이 극에 달한 상황에서도 시인이 되겠다고 선언한다. 다음 해에 공부하던 병원을 떠난 뒤 몇몇 동료 시인들이 사는 런던의 햄스테드 지역으로 이사 오는데, 이때 동생 톰이 폐결핵을 앓기 시작한다. 1818년에 스코틀랜드, 아일랜드, 디스트릭 호수 등을 도보로 여행한다. 스코틀랜드의 멀 섬을 여행하던 중 지독한 감기에 걸리고, 집으로 돌아와 약해진 몸으로 톰을 간호했지만 그해 12월에 결국 톰은 죽고 만다. 같은 해 또 다른 형제 조지가 미국으로 이민을 떠나고 키츠는 친구 브라운 소유의 웬트워스 플레이스의 반쪽 집으로 들어간다. 이곳에서 다른 반쪽 집에 이사 온 패니와 사랑에 빠진다.

처음 그들이 만났을 때 열여덟 살의 아름답고 건강한 패니는 시나 문학에는 전혀 관심이 없었다. 그저 사교계에서 괜찮은 남자를 만나 결혼하면 큰 문제없는 삶을 살 수 있는 밝고 유연한 소녀였다. 스물셋의 키츠는 가난하고 병약한데다 관심 있는 것은 오로지 '시'밖에 없는 굽힐 줄 모르는 청년이었다. 그런데도 두 개의 집이지만 바깥에서 보기에는 하나로 보이게끔 처음부터 디자인되어 있던 그들의 웬트워스 플레이스처럼 두 개의 운명은 하나의 그리움으로서 서로의 반쪽을 눈부신 아름다움으로 완성했다.

사실 1818년은 키츠에게 최악의 해였다. 동생 톰이 죽고, 자신의 건강은 점점 악화되고, 돈이 없어 친구 집에 얹혀살면서 그나마 생활비마저도 빚으로 메꾸고 있는데 비평가들은 그의 시집을 혹평하는 것도 모자라 그와 그의 시인 친구들에게 가난하고 제대로 교육받지 못했다며 조롱하기까지 했다. 게다가 (키츠야 모르고 죽었지만) 알고 보니 그에게 어머니와 할아버지로부터 남겨진 유산이 있었다는 것. 꽤 큰돈이었는데 알 수 없는 이유로 그에게 한 푼도 전달되지 않았다고 한다. 남겨진 유산으로 그의 상황(경제적인, 나아가 육체적인 상황)이 바뀔 수도 있었다는 생각을 하면 이 불행한 청년의 박복함과 잔혹한 운명의 장난질에 화까지 치밀어 오른다. 그러나 이렇게 끝도 없는 불행 속에서도 키츠는 사랑을 했고, 시를 썼다.

지금 막 동생이 죽고, 나는 아프고, 젠장 돈도 하나 없는데 창 밖 나무 위에서 울고 있는 새에 아름다움을 느껴 시를 쓰고, 평범한 옆집 소녀에게 눈이 멀어 완전히 사랑에 빠질 수 있는 사람이 몇이나 될까?

키츠는 특별한 사람이었다. 이렇게 200년이 넘는 시간을 살아남아 지금 낯선 이국땅에서 지친 나머지 정신에 마비가 온 것 같은 40대 아줌마의 시간도 돌려놓을 수 있을 만큼 특별했다. 운명의 지독한 독주를 연거푸 마시고 매순간 '숨' 속에서 죽음의 냄새를 맡으며 살아야 했지만 순결한 마음의 고귀함을 잃지 않고 사랑의 존엄성을 지켜낸 그가 마치 마법사처럼 폐허 같은 내 마음에 한바탕 소나기를 뿌려놓았다. 살면서 내가 쉽게 밥과 바꿔버린 것들이 키츠의 빗물에 젖어 꿈틀거리기 시작했다.

삶이 산더미 같은 설거지 같더라도
계속해서 치우고 손님을 초대해야 한다.
매일 시처럼 아름다운 상을 차리고
사랑을 불러서 함께 식사해야 한다.
뜻대로 안 되는 날은
질투에 사로잡혀 음모를 꾸며야 한다.
잠시라도 스쳐 지나가며 볼 수 있는
그 사람을 위해 치장을 해야 한다.
물론 당장 연애를 시작하라는 것은 아니다.

용감하게 사랑하고
이기적이더라도 행복을 추구하고
바보스럽다고 놀려도 꿈을 꾸어야
생명의 본성을 거스르는 것이 아니다.

그가 마치 이렇게 외치고 있는 듯했다.

극심한 고통으로 찾아온 혼돈과 망각 속에서도 키츠가 놓지 않았던 패니의 홍옥수처럼 우리 자신은 가장 아름다운 생명이니까……

키츠는 1820년에 의사의 조언으로 병세의 호전을 위해 로마로 떠나지만 그의 인생이 늘 그래왔듯 항해는 태풍 등 최악의 불운을 겪었고 좋은 날씨를 기대하고 떠났지만 한겨울에나 목적지에 도착할 수 있었다. 키츠는 항해 도중 병세가 심각하여 피를 쏟는 상황이었지만 그 유명한 〈빛나는 별〉을 완성했다. 영국을 떠나 5개월 만에 그가 죽기 직전까지 자살을 염려한 친구와 의사가 진통 효과가 있는 약도 주지 않는 바람에 지독한 육체적 고통 속에서 괴로워해야만 했다.

한편 키츠의 죽음을 한 달 뒤에나 전해들은 패니는 그가 준 반지를 끼고 상복을 입고 머리를 잘랐다고 한다. 그러곤 12년 뒤에 새로운 사람을 만나 결혼한 뒤 세 아이를 낳았고, 죽기 직전에 평생 간직했던 키츠의 편지를 내놓았다.

나는 연인을 잃고 무덤 같은 슬픔에 빠졌던 패니와 비극 그 자체였던 키츠가 모두 나처럼 차라리 강물같이 흔적도 없이 사라졌으면 하고 바랐을 것이라고 생각한다.

그러나 나는 낙관한다. 키츠는 시를 썼고 패니는 키츠보다 40년을 더 살았으며 나는 아직도 이렇게 숨 쉬고 있으니까 말이다. 영화가 끝나고 실컷 울고 난 뒤에도 잠을 이룰 수 없어서 새벽 내내 뒤척이다가 그냥 일어나서 다시 창가에 섰다. 조용히 흐르는 템스 강 위로 아침이 오고 있었다. 나는 순간 눈부신 아침 해 속에서 가장 아름다운 청년의 모습으로 서 있는 키츠를 본 것 같다.

키츠와 패니의 집 '웬트워스 플레이스'는 현재 키츠 박물관으로 운영되고 있다. 처음 그곳을 찾아갔을 때는 겨울이었다. 우리는 버스에서 내려 햄스테드 언덕 쪽으로 걸어갔는데 얼마 안 가 '키츠 그로브Keats Grove'라는 팻말이 붙은 벽을 발견할 수 있었다. 아이비 잎으로 뒤덮인 그 벽을 오른쪽에 끼고 골목을 조금 더 들어가니 곧이어 왼쪽에 키츠 하우스라는 작은 간판이 보였다. 그의 집은 전체적으로 별다른 장식 없는 하얀색 건물로 키츠가 아니라면 특별히 기억할 만한 점을 가지고 있지는 않았다.

나는 한가운데 커다란 겨울나무가 웅크린 채 잠들어 있는 정원을 향해 조용히 걸어 들어갔다. 그리고 잠시 서서 건물 위에 나 있는 창문들을 바라보았다. 저 창문 뒤 어디에선가 키츠와 패니가 연인을 보고 싶은 열망을 품고 지금 내가 서 있는 이곳을 내려다보았을 것이다. 갑자기 차고 축축했던 겨울 공기가 봄볕 같은 설렘으로

차오르는 것 같았다.

　원래 두 개의 집이었던 키츠의 집은 가운데 벽을 헐고 이제 한 공간으로 이용되고 있었다. 나는 시가 쓰여지고 사랑이 있었던 내부를 둘러보았다. 그리고 사진과 기록들이 불러내는 작은 기억들에 기대어 아름다웠던 두 영혼을 그려보았다. 마치 내가 그들이 된 듯 창가에 서서 바깥 정원을 바라보기도 했다.

　잠시 후 우리는 왠지 모를 안도감과 평안함이 느껴지던 시간을 아쉬워하며 그곳을 나왔다. 봄이 오면 다시 오자고 이야기하면서…….

D. H. Lawrence

D. H. 로렌스 — 가혹한 순례

런던 햄스테드 베일 오브 헬스 바이런 빌라 1번지

○ 중학생 때였다. 책방에서 『채털리 부인의 연인』을 우연히 처음 접했다. 그런데 남녀의 육체적 사랑을 노골적으로 묘사하는 장면들 때문에 민망스럽고 또 죄책감이 느껴져서 제대로 읽지 못하고 덮고 말았다. 쓸데없이 심각하기만 한 사춘기를 보내던 나는 어떻게 이런 에로물이 학생들이 드나드는 책방에 꽂혀 있는 건지 이해할 수 없다고 생각했던 기억이 난다. 그러고는 책을 들고 있는 나를 누가 볼까 두려워하다가 얼른 서고에 꽂아버렸다.

『채털리 부인의 연인』은 영국 작가 D. H. 로렌스의 마지막 소설이다. 1928년에 자비로 이탈리아에서 처음 출판되었지만 긴 시간 동안 합법적인 출판물이 되지 못했던 문제작이다. 심지어 이 소설로 재판까지 갔다. 재판정에서는 이 작품이 과연 예술성이 있느냐 (무죄) 없느냐(유죄)로 논쟁이 벌어졌다는데 검사님이 참 오지랖도 넓으셨다. 아무튼 결론은 '무죄'였고 1960년에 비로소 영국에서 합법적으로 출판할 수 있게 되었다.

사실 나는 중학생 때 이후로 이 소설에 대해 별로 생각해본 적이 없다. 그런데 우연히 인터넷을 하다가 그 문제작을 쓴 작가 D. H. 로렌스에 관한 기사를 발견하면서 다시 그 소설을 떠올렸다. 기사의 내용 자체는 소설이 아닌 그가 그린 그림들에 관한 것이었다. 나는 그가 그림도 그렸다는 사실에 흥미가 생겨 유심히 살펴보게 되었는데, 그림들이—개인적인 생각—그다지 훌륭하다고 말할 수는 없었다. 그래도 재미있었던 것은 남녀의 육체를 적나라하게 표현한 부분이 많았다는 건데 '이 사람 진짜 일관성 있네!' 하는 생각이 들어 웃음이 나왔다. 그런데 안타깝게도 그림마저도 당국의 미움을 받아 전시장에서 25점 중 13점이나 경찰에게 압수당하는 수모를 겪었다. 마치 그의 소설처럼 말이다. 나는 힘센 당국이 도대체 무엇이 두려워 힘없는 그림을 빼앗아갔을까 생각했다. 그리고 D. H. 로렌스는 왜 이런 핍박에도 불구하고 계속해서 야하게 글을 쓰는 것으로 모자라 야한 그림까지 그렸을까 궁금해졌다. 그래서 사실상 처음으로 서른 살이 훨씬 넘어서 그의 소설 『채털리 부인의 연인』을 진지하게 읽어보았다.

우리 시대는 본질적으로 비극적이다. …… 우리는 폐허 가운데
서 있다.…… 미래로 가는 쉬운 길은 이제 없다. 그러나 우리는
장애물을 돌아가더라도 기어 넘어가더라도 앞으로 가야 한다.
아무리 많이 하늘이 무너졌다 해도 살아가야 하니까.

로렌스는 소설 첫 장 첫 문장에서 그의 시대를 본질적으로 비
극적이라고 했다. 에로소설이라는 평판을 가지고 있는 책의 시작치
고는 우울하다. 그런데 그는 소설 전체를 통해 일관되게 왜 비극적
인지를 설명한다. 전쟁이라는 거대폭력과 급격하게 진행되고 있던
산업화로 인해 땅이, 강산이 피폐해졌다는 당시의 상황도 비극이었
지만 그보다는 사람들이 모두 돈을 숭배하고 정신은 도덕이라는 고
결한 옷을 걸친 역겨운 위선 덩어리라는 사실 때문에 더욱 비극적
이라고 이야기한다. 그는 또 이런 비극이 전체적이어서 극복할 수
있거나 바꿀 수 있는 것이 아닌 암담한 상태라고 이야기한다. 사람
들은 희망이 없으므로 사실을 직시하지 못하고 오히려 비극이 존재
하는 사실 자체를 부정하는 최면을 스스로 걸어서 삶을 포기한 삶
을 살아간다는 것이다. 뭔가 익숙한 풍경에 대한 설명이다. 채털리
의 시대는 1900년대인데 2000년대를 살고 있는 나에게 이런 세태는
동시대로 느껴진다.

사람들의 삶은 전부 돈을 쓰는 것에 의존하고 있고 돈이 떨어지
면 무엇을 해야 할지 몰라 죽어버린다. 그래서 세상은 오로지 돈

만을 추구하는 돈돌이, 돈순이로 넘쳐나고 진정한 삶을 사는 사람들이 없다.

사실 나 자신도 돈이 없으면 금세 당황하고 두려움에 빠져 결국 스스로를 패배자로 느낀다. 왜냐하면 효도도 돈이고, 우정도 돈이며, 사랑도 돈이므로, 돈이 없으면 나쁜 사람이 되니까. 또한 내가 타인을 돈으로 평가하기도 한다. 이렇게 사람들은 태초 이래 가장 강력한 신 '물신'의 세상에서 서로가 서로에게 악랄한 가해자이면서 동시에 가장 처참한 피해자가 되어 살아간다.

로렌스는 또한 1900년대 영국의 기형적인 정신세계에 대한 집착이 허무한 관념주의와 위선적인 도덕으로 가득 차서 비극적인 시대를 더욱 비극적으로 만들고 있는 한편 반대로 퇴폐적 향락주의는 구역질날 정도라고 말한다. 결국 이런 것들 모두가 생명의 본질을 외면하고 삶을 파괴하는 것들이라고 비판한다. 이쯤 되니 나는 이 소설이 가진 무거운 주제의식에 기가 눌리면서 야한 소설이라고만 생각했던 것 때문에 살짝 미안해졌다.

로렌스의 말처럼, 이러한 물신주의, 허무한 관념주의, 향락주의 같은 것이 우리 삶을 파괴하는 주범이라면, 그것들이 만들어놓은 폐허 가운데 서 있는 우리가 진정한 삶을 살기란 참 어려운 문제다. 그렇다면 어떻게 해야 진정한 삶을 살아낼 수 있을까? 돈이나 명예 같은 것 말고 어떤 것을 추구하며 살아야 진짜 사는 것일까?

D. H. 로렌스는 이렇게 이야기한다.

> 하지만 걱정 마시오. 하늘이 몇 번이나 머리 위로 무너진 것 같은
> 고난의 시간들도 크로커스 꽃을 소멸시키지 못했소.

봄에 피는 들꽃은 땅이 겨울의 고난을 이겨내고 태양과의 따뜻한 교감을 통해 창조해낸 생명이다. 살아 있는 땅은 태양의 따뜻함과 접촉하고 받아들인다. 그리하여 살아 있는 땅은 생명을 창조한다. 나아가 로렌스는 이런 자연이 가지고 있는 원초적인 생명의 원리를 자연의 일부분인 인간의 삶에도 대응시킨다. 살아 있는 삶은 땅과 태양처럼 서로 간에 따뜻한 접촉이 있어야 하며 남녀 간의 진정한 교감은 접촉의 최고 형태라는 것이다. 그래서 그는 그의 소설 속에서 주인공 멜러즈와 채털리 부인 코니의 육체적 관계를 집요하고 충격적일 만큼 솔직하게 그려낸다. 마치 가식적이고 죽은 삶을 사는 사람들을 조롱이라도 하듯 말이다.

불합리하고 사악한 사회체제는 살아 있음을 몰살시키려고 인간의 자연스러운, 가장 인간다운 행위마저 통제하고 억압하는 것을 통해 그 힘을 유지하고 있다. 그러나 만약 우리가 한 명의 남자, 여자로 (성적 취향에 따라 다를 수 있지만) 진실되게 사랑할 수 있다면 그것은 진짜 삶을 다시 찾는 것이다. 그리고 그런 진짜 삶에는 계급이나 돈, 명성, 지식 같은 화려한 옷이 필요하지 않다. 그저 아무것도 걸치지 않은 나체로도 거리낌 없고 당당하게 움직이고 즐거워할

수 있다.

『채털리 부인의 연인』은 내게 여전히 연애소설이다. 강도 높은 성에 대한 묘사 때문에 읽다가 문득 부끄럽기도 하다. 그러나 문제작가 로렌스는 대가의 통찰력을 가지고 이 소설을 두 남녀의 개인적 경험이 아닌 전체적인 문제로 이끌어내는 탁월함을 보여준다. 우리가 잊고 있는 친밀하고 솔직한 인간관계는 꼭 연인이 아니더라도 이룰 수 있으며, 진실하지 않은 가식적인 관계는 반생명적인 관계로 결국 옳지 않다는 그의 주장은 적어도 나에게는 설득력 있는 부분이다. 사람을 판단할 때 돈이나 사회적 위치 또는 문화적 코드를 알고 있는지 없는지로 판단하는 것은 만남이 아니다. 만남은 접촉이고 교감이다. 계산된 판단이 아니라 접촉과 교감을 통해 서로의 다정한 온기를 전해주는 것이 살아 있는 것들의 만남이다. 그래서 진정한 삶은 살아 있음 자체로 당당하고 멋질 수 있다.

D. H. 로렌스는 45세에 폐결핵으로 죽기까지 몇 번이나 죽을 고비를 넘긴 허약한 체질이었다. 게다가 소설의 주인공 멜러즈처럼 광부의 아들로 태어나 가난한 어린 시절을 보냈고 어른이 된 뒤에도 경제적 어려움 때문에 이리저리 옮겨 다녀야 했다. 병약하고 가난한 그로서는 돈이 절박했을 것이다. 그러나 그는 계속해서 자신이 원하는 작품을 쓰기 위해 차라리 굶주림을 선택했다. 학교 선생일로 그럭저럭 생활을 꾸려나갈 수도 있었을 텐데 스물여섯 살 때 두 번째로 폐렴을 심하게 앓고 난 뒤에는 그마저도 그만두고 전업

작가로 전향하고 약혼까지 파기한다. 병으로 사경을 헤매면서도 그 고통 속에서 중요한 뭔가를 깨달은 것이었을까? 당장 죽을 수도 있다는 공포 속에서 그가 느꼈던 것은 아마도 살고 싶다는 것이 아니었을까?

그는 그 이후 정말 자신이 원하는 삶을 살아내었다. 비록 짧은 생이었지만 끊임없이 창주했고 어떠한 복종도 없는 자유인으로 살아갔다. 사람들은 그를 보고 아까운 재능을 포르노 쓰는 것으로 허비한다 했다. 고향 사람들은 소설에 등장하는 것조차 불쾌해하며 그를 미워했다. 그의 조국은 그의 작품을 검열로 박해했고 외설이라는 낙인을 찍었다. 아내가 독일인이라는 이유로 스파이라는 오해까지 받았던 그는 평생 외국을 떠돌아다니는 삶을 살아야 했다. 하지만 사회로부터 추방에 가까운 취급을 받으며 스스로 "가혹한 순례savage pilgrimage"라고 표현하기까지 했던 그의 삶은, 가난에도 불구하고 정신과 육체의 진정한 살아 있음을 한순간도 포기하지 않은 당당하고 멋진 것이었다.

D. H. 로렌스가 그의 아내와 함께 살았던 런던 집은 베일 오브 헬스에 있다. 런던에 있는 높은 언덕 중에 하나인 햄스테드 히스에서 더 위로 깊숙이 들어가면 나오는 조그마한 마을이다. 이 마을에는 그 어떤 편의시설도 없다. 작품 속에서 산업화로 말살되어가는 인간성을 그려내며 분노했던 그에게 어울리는 한적한 마을이다.

남편과 함께 그 집을 찾아간 날은 날씨가 무척 좋았다. 전날 밤

D. H. 로렌스

에 내린 비로 땅은 기분 좋게 촉촉했고 길가에 있던 나무와 풀들에서 나는 향긋하고 신선한 냄새가 상쾌했다. 우리는 길을 걸으면서 마치 시골 같은 풍경에 완전히 매료되었다. 분명히 런던이라는 대도시의 한복판인데 그곳에는 자연이 주류를 이루고 있었다. 게다가 이끼와 나무들이 날카로운 집들의 직선들을 모두 지워버린 덕분에 집들도 유연하게 자연과 섞여 불규칙적인 아름다움을 자랑하고 있었다.

감탄사가 많은 남편은 완전히 어린아이처럼 즐거워했다. 그렇게 한참 걷다가 찾은 로렌스의 집은 붉은색의 벽돌로 깔끔한 외관을 하고 있었지만 왠지 외로워 보였다. 우리는 그곳에서 사진도 찍으며 시간을 좀 보내다가 돌아오는 길에 로렌스가 산책했을 것만 같은 길을 따라 걸어보았다. 숲속의 덩그런 나무의자에 앉아보기도 하고, 비 오는 숲을 나체로 뛰어다니던 멜러즈와 채털리 부인을 상상해보기도 했다. 무엇보다도 숲속에 살고 있는 생명이 만들어내는 소리와 율동에 귀 기울이면서 가슴속에 작지만 따뜻한 평화로움이 퍼지는 것을 기뻐했다.

그리고 그 기쁨의 장소를 함께 걷고 있는 남편이 소중한 동지로 여겨졌다. 돈도 없고 능력도 없는 나 같은 사람의 살아 있음을 공감해주고 계속 살아갈 수 있다고 지지해주는 바로 내 '편'이 나에게 있는 것이다. 그날 로렌스의 집을 방문하고 숲을 걸으면서 남편과 내가 느끼고 나누었던 작은 행복이 돈을 쓰는 화려한 이벤트는 아니었지만 진짜 기쁨이었다는 것을 로렌스가 나에게 가르쳐준 것이

다. 나는 갑자기 그의 야한 소설과 야한 그림이 한없이 사랑스럽게
느껴졌다.

D.H.로렌스

Robert Louis Stevenson

로버트루이스스티븐슨— 숨기고자 하는 자와 숨겨져야 할 괴물

런던 햄스테드 마운트 버넌 7번지

○ 로버트 루이스 스티븐슨의 집은 주소를 통해서도 알 수 있
듯, 햄스테드 역 앞에 있는 사거리에서 홀리 힐이라는 조그만 오르
막길을 따라 가다보면 찾을 수 있다. 하지만 정작 우리는 그 집을 찾
아갈 때 길 안내 표지를 놓쳐버리는 바람에 엉뚱한 길로 한참을 올
라가야 했다. 그래도 아름다운 동네인데다 날씨 또한 좋아서 길을
잃은 것에 크게 개의치 않고 한참을 어슬렁거렸다. 역 앞을 조금 벗
어나니 도시라기보다는 동화에나 나올 듯한 멋지게 나이든 집들과
예쁘게 잘 꾸며진 정원들로 가득 찬 시골마을 같았다. 우리는 꽃들

의 싱그러운 냄새도 맡고 그림 같은 집 앞에서 사진도 찍으면서 기분 좋게 헤매 다녔다.

그렇게 한참을 헤매다가 너무 많이 올라갔다 싶어 돌아 내려가기로 했다. 지하철역 방향 내리막길을 걸어가고 있는데 갑자기 올라가는 계단이 나왔다. 계단을 따라 올라가보니 길가에 늙은 나무들이 기형적인 손가락을 하고 잔뜩 웅크리고 서 있었다. 계속해서 꾸불꾸불한 그 나뭇가지들이 일제히 가리키고 있는 듯한 쪽으로 조금 더 걸어가자 내리막길 직전에 옆으로 샛길처럼 나 있는 좁은 골목이 보였다. 그곳이 바로 스티븐슨이 살았다는 마운트 버넌이었다.

골목이 시작되는 곳에는 이제부터 스티븐슨의 세계라고 말을 거는 듯한 가로등이 서 있었다. 골목 안으로 조금만 더 들어가면 스티븐슨의 집이 보인다.

짙은 연두색의 이끼가 끼어 있는 갈색 벽돌 벽 위에 그의 집이라고 쓰여 있는 타원형의 플라크가 달려 있다. 원래는 파란색 플라크였다는데, 내가 방문했을 때는 잦은 빗물 때문인지 녹이 슬어 어두운 갈색을 띠고 있었다. 햇빛 쨍쨍한 여름의 대낮이었는데도 입구로 쓰이는 현관 쪽 벽은 서늘한 그림자와 녹물 자국, 이끼 냄새 등으로 인해 축축한 인상을 풍기고 있었다.

그러나 집 코너를 돌면 아래쪽 벽이 흰색으로 칠해져 있고 정원으로 들어가는 후문이 나오는데 현관 쪽과는 다르게 해를 듬뿍 받아 반짝이면서 풍성한 나무들을 우아하게 가두고 있었다. 나는 집 코너 쪽에 서서 강렬한 햇살이 만들어내는 빛과 그림자라는 극단

적인 두 얼굴을 하나의 몸에 담고 있는 그의 집을 바라보며 재미있
다는 생각을 했다. 스티븐슨은 스물네 살 때 그의 문학적 조언자였
던 콜빈과 이 집에 고작 한 달 정도 머물렀을 뿐인데 햄스테드 플라
크 기금Hampstead Plaque Fund이라는 곳에서는 플라크를 달고, 또 우
리는 이곳에 와서 그의 존재를 느끼고 싶어 하니 말이다. 사실 그가
이 주소에 머물렀던 기간이 짧고 해서 그다지 큰 기대를 하지 않았
다. 그런데 그 집은 이상한 매력으로 방문자를 단숨에 사로잡았다.

　　로버트 루이스 스티븐슨은『피터 팬』의 작가 제임스 배리처
럼 스코틀랜드 사람이다. 에든버러 대학에서 공학과 법학을 공부하
긴 했지만 다른 유명한 작가들이 그러했듯 전공보다는 책 읽고 글
쓰기에만 관심이 있는 학생이었다. 스물다섯 살 때에는 법률 공부
로 변호사 자격증을 따기도 했지만 계속해서 글만 썼고 마침내『보
물섬』,『지킬 박사와 하이드 씨의 기이한 사례』등을 출판하며 인기
있고 돈 많이 버는 성공한 작가가 되었다. 살아 있을 때 명성을 누린
것이다.

　　그러나 작품에 대한 평가는 그리 좋지 않았다. 그를 그저 대중
적 인기에 부합하는 작품을 쓰는 2류 작가라고 비판하는 사람들도
있었다. 스티븐슨 자신도 한 인터뷰에서 작품을 쓸 때 경제적으로
도움이 될 수 있는 것이어야 한다는 압박감을 느끼며 쓴 적이 있다
고 말하기도 했다. 사실 스티븐슨 최고의 흥행작 중 하나인『보물
섬』이 출간되기 전에 이미 전설적인 작품이 된『로빈스 크루소』가

있었고, 당시 영국에서는 무인도 모험소설 장르가 유행하고 있었기 때문에 완전히 독창적이었다고 평가하기에는 망설여지는 부분이 있다. 물론 독특한 캐릭터들이 주는 재미와 이야기 구성에서 보이는 창조적인 면을 인정하지만 말이다.

개인적으로 내가 『보물섬』에서 가장 흥미롭게 느끼는 캐릭터는 바로 해적인 롱 존 실버다. 말하는 앵무새나 목발 등 상상력을 자극하는 그의 외모도 재미있지만 그보다는 실버가 가진 이중성이 흥미롭다. 그는 기만적이고 파괴적인 나쁜 악당인데 짐이라는 소년에게는 진심으로 잘해준다. 그래서인지 '실버'라는 캐릭터는 스티븐슨의 또 다른 소설 『지킬 박사와 하이드 씨의 기이한 사례』를 떠올리게 한다.

사람들은 어떤 사람을 평가할 때 명확한 것을 좋아하는 것 같다. 우리 모두 사람을 좋은 사람과 나쁜 사람으로 구분하는 경향이 있지 않나! 그런데 지킬 박사와 하이드 씨를 보면 한 사람 안에 이 두 가지가 모두 존재한다. 누군가가 나쁜 사람일 경우에는 미워하면 되고 좋은 사람일 경우 그럴 필요가 없는데, 둘 다라면 어떻게 해야 하나?

스티븐슨은 어렸을 때부터 이 '이중성'이라는 것에 대해 궁금증이 많은 사람이었다. 자신이 사용하는 언어(스코티시, 잉글리시)부터가 이중 언어인데다 양손잡이였고, 스코틀랜드인으로서 청교도적 가치관을 교육받으며 자라왔지만 그런 규칙에 대한 반감으로 오히려 악한 행동에 끌리는 것을 어쩔 수 없었다고 한다. 스티븐슨은 대학수업은 좀처럼 들어가지 않았고 독실한 기독교인이었던 부모님에게 자신은 무신론자라고 선언하여 마찰을 일으켰다. 또한 범죄자들이 주로 드나드는 싸구려 술집에서 술을 마시고 창녀촌 등지를 돌아다니기도 했다.

　　이런 행동들을 하면서 낮 시간 동안 사회적으로 성공한 부유한 집안의 바람직한 대학생 청년이라는 모습과 밤 시간 동안 술을 마시고 대마초를 피우고 부도덕한 공상에 빠지는 또 다른 모습 사이에서 혼란스러움을 느꼈다고 한다. 그런데 이런 자기 존재의 정체성이 가지는 괴리감을 부정하지 않고 오히려 두 개로 분리시켜버리는 괴상한 발상을 한다. 그는 에세이 『꿈에 관한 챕터A Chapter on Dreams』에서 "내면에 숨어 있는 불안정한 자아가 가진 무한한 능력이 겉으로 드러나 있는 자아를 놀래킨다는 것에 매료되었다. 그리고 창작을 한다는 것은 통제하고 있는 의식의 너머에 있는 것이다"라고 쓰고 있다. 또한 고열을 앓고 난 뒤 이것을 두 개의 상반된 의식이라는 구체적인 형태로 표현하기도 했는데, 그것을 자아myself와 또 다른 동료the other fellow라고 불렀다. 후자가 불합리하고 황당한 존재라면 전자는 고통스럽게도 후자에게 복종해야 하는 올바른 마음가짐이라는 것이다.

　　그러던 어느 날 그는 무서운 꿈을 꾸게 된다. 자신의 몸이 이상한 형태로 변형되는 꿈이었는데 아내가 아침에 깨우는 바람에 꿈이 일찍 끝나버려서 아내를 나무랐다고 한다. 그런데 그 악몽은 스티븐슨에게 이야기에 대한 결정적인 영감을 제공했고 평소에 가지고 있던 자아의 이중생활이라는 아이디어와 그 꿈을 소재로 해서 미친 듯이 글을 써내려갔다. 글쓰기를 끝내고는 자랑스러웠는지 아내와 양아들 앞에서 열정적으로 읽어주기까지 했다고 한다. 그런데 그의 아내 패니가 '우화적 잠재력allegorical potential'이 없다며 냉정하게 비판하자 화가 나서 원고를 모두 벽난로 불속에 던져버리고 양아들의 증언에 따르면 자기가 자리를 피해야 할 만큼 대판 싸웠다. 얼마나 그 이야기에 애착을 가지고 있었는지 알 수 있는 대목이다. 어쨌든 감정을 가라앉힌 스티븐슨은 아내의 지적이 맞다고 인정한 뒤 다시 미친 듯이 글을 써내려갔고 그 결과물이 바로 우리가 읽고 있는『지킬 박사와 하이드 씨의 기이한 사례』다.

　　나는 가끔 타인이 나에 대해 정의를 내릴 때 당황스러움을 느낀다. 예를 들어 "이 사람은 말이 없고 조용합니다"라고 누군가 나를 설명한다. 그러나 그것은 틀린 말이다. 나는 편안함을 느낄 때 한없이 수다스럽고 화가 났을 때는 시끄럽다. 또 바깥에서 일을 하며 만나는 사람들 앞에서는 책임감 있는 태도를 보이려고 노력하는데 그런 나의 노력 덕분에 내가 성실하다는 인상을 가진 사람들이 있다. 그러나 사실 대부분의 시간 동안 나는 게으르고 때로는 사악하기까지 하다. 그렇다면 나는 어떤 사람인가? 어떤 한 면을 본성이라고 하고 다른 면을 계산된 성질이라고 가정한다면 둘 중의 무엇이 진정한 '나'인가? 나는 본성인가, 계산된 성질인가? 스티븐슨은 이런 모순을 하나의 몸 안에 존재하는 두 명의 인간이라는 흥미로운 이야기로 창조해내었다. 그리고 이 두 개의 자아는 하나는 '지킬(Jekyll-you kill)' 곧 숨기고자 하는 자이고, 또 다른 하나는 '하이드(Hyde-hide)' 곧 숨겨져야 할 괴물이다.

　　인간이라면 누구나 습관적으로 이중적인 행위를 한다. 사람들이 얼굴에 화장을 하고 미소를 띠고 세련된 옷을 입고 예의바르게 상대를 대한다 하더라도, 마음속에 어떤 계산과 증오가 있을지 모른다. 이런 것은 때로 너무나 극단적이어서 이쪽이 저쪽을 통제하지 못하고 폭발하기도 한다. 그러나 대부분의 사람들은 (사회적으로 성공한 사람일수록) 이런 싸움에 능숙해서 '하이드'가 밖으로 드러나는 일 없이 잘 가둬두고 살아간다. '하이드'로는 생존할 수 없는 곳이 사회이므로 우리는 되도록 '지킬'을 본성이라고 믿는 것이다. 그런데 만약 우리가 '하이드'를 책에서처럼 악의 화신이라고 분류하지 않고 마음 내키는 대로 살고 싶은 내재된 욕망이라고 한다면, 그럼 '하이드'야말로 본성인 것이 아닐까? 소설 속에서 지킬 박사는 또 다른 자아인 하이드를 끄집어내고자 하는 욕망 때문에 파멸을 맞는다. 이것은 아마도 당연한 결과인지도 모른다. 커다란 사회의 이익을 위해 개인의 욕망은 지극히 사악한 것이어야 하니까. 우리는 살아남기 위해 사회로부터 악으로 규정된 자신의 또 다른 자아를 있는 힘을 다해 숨겨야 한다. 사람들에게 존경받는 신사양반 지킬 박사로 살아야 하는 것이다. 그런데 이런 노력을 하는데도 파멸을 불러오는 괴물 하이드를 막을 수 없을 때가 있다. 아니 솔직히 말하면 '하이드'를 깨우고 싶어지기도 한다. 왜일까? 그것은 아마도 애초에 '지킬 박사'가 '하이드 씨'이기 때문이 아닐까?

우리 존재가 가진 이중성은 이런저런 각도에서 다르게 이야기
되어질 수 있는 흥미로운 주제다. 선과 악이라는 거대한 관점을 비
롯하여 숨기고 싶은 자아 또는 욕망, 혹은 위선과 진실 등 다양하다.
그런데 어떤 측면에서 이야기하든 분명한 것은, 서로 상반된 성질
들이 끊임없이 전쟁을 벌이고 있는 우리 속에서 '나'는 이것들의 부
분이 아니라 총체라는 것이다. '나'는 선한 사람도 아니고 악한 사람
도 아닌 선악을 모두 가진 복잡한 존재다. 어떤 순간에는 이 모습을
보여주고 다른 순간에는 그 반대를 보여주는 기회주의자일 수도 있
다. 또 겉으로는 웃으면서 속으로 욕하는 위선자일 수도 있다. 그리
나 무엇보다도, 사회적 의무와 개인적 욕망 사이에서 번뇌하는 나
는 '지킬'이면서 동시에 '하이드'인 것이다.

스티븐슨은 어렸을 때부터 고열과 기침으로 늘 병상에 누워
있어야 했다. 학교생활도 잦은 병치레로 중단되기 일쑤여서 친구도
없었지만 글쓰기만큼은 좋아했다고 한다. 건강문제는 어른이 되어
서도 나아진 것이 없어서 날씨 좋은 지역으로 항상 이동하며 살아
야 했다. 이런 생활 속에서 그가 병약한 자신의 몸과 욕망 사이에서
느꼈을 괴리감을 쉽게 짐작할 수 있다. 그가 즐기던 공상의 기쁨은
현실의 고통을 잠시나마 잊게 해주었으리라. 그래서 그가 "대부분
의 재미있는 것들은 상상력에 의해 일어난다. 나는 비어 있고vacant
이로울 것 없는unprofitable 사람이다. 나는 의지도 목적도 없이 강물

에 떠가는 잎과도 같다"라고 쓴 것인지도 모른다. 침대 위에 혼자 앉아 창밖으로 지나가는 사람들을 바라보며 부러움, 희망, 절망, 분노 같은 복잡한 감정의 혼돈 속에서 그는 상상했을 것이다. 아마 종종 새벽까지 그 상상은 계속되었을 것이다. 그리고 낮과 밤이 바뀌는 전혀 다른 기운들의 모서리에서 자신의 한 부분이 자신으로부터 분리되는 느낌은 받았을 수도 있다. 그래서인가? 그가 창조해낸 지킬 박사와 하이드 씨는 기가 막히게 독특한 아이디어지만 왠지 그것이 단지 기발한 착상이라기보다 고뇌하는 한 사람의 진실로 느껴진다.

스티븐슨은 평생 결핵, 고혈압, 심장질환 등을 앓았을 것으로 여겨지는데, 말년에는 사모아 섬에 정착해 거기서 죽음을 맞는다. 어느 날 아내와 이런저런 얘기를 하며 와인 병을 열고 있던 그는 갑자기 "저게 뭐야? 내 얼굴 이상하게 보여?"라고 말하고 쓰러져버렸다. 이후 깨어나지 못하고 몇 시간 만에 숨을 거두었다고 한다. 사인은 뇌출혈로 짐작되고 있으며 나이는 44세였다. 그리고 바라던 대로 바다가 보이는 곳에 묻혔다.

웨스트민스터

Westminster

34 Montagu Square, Marylebone, London

John Lennon

존 레넌 ─ 노르웨이의 숲

런던 매릴번 몬터규 스퀘어 34번지

○ 내가 아내를 처음 만난 것은 한 공연장에서였다. 여러 밴드가 같이 공연하기로 되어 있는 제법 규모가 큰 공연이었는데 내가 텔레비전을 보다가 시간에 늦는 바람에 결국 우리 밴드는 리허설을 하지 못했다. 멤버들의 곱지 않은 시선을 피해 밴드 대기실에서 걸어 나오다 한 여자와 마주쳤다. 그녀는 한 손에 아직 마르지 않은 페인트 붓을 들고, 물감이 떨어져 말라붙은 워커를 신고, 어깨까지 내려오는 생머리를 하고 있었다. 그날 무대를 디자인했던 그녀는 공연장 여기저기를 둘러보며 마무리 점검 작업을 하고 있는 듯 보였

다. 우리는 몇 마디 인사말을 주고받았고 공연장 주변을 오다가다 몇 번 마주치긴 했지만 그날의 짧은 만남은 그것으로 끝이었다.

하지만 그로부터 얼마 지나지 않아 내가 자주 드나들던 술집에서 우연히 그녀를 다시 만나게 되었다. 우리는 그날 술을 진탕 마셨고 또 그렇게 처음처럼 기약 없이 헤어졌다. 하지만 신기하게도 이런 우연한 만남이 계속되면서 우리는 점점 가까워졌다.

그러던 어느 날 친하게 지내던 후배와 함께 그녀의 집을 방문할 기회가 생겼다. 그저 사람들이 흔히 하는 일상적 방문과 특별히 다를 것 없어 보였던 그날의 방문은 내 삶의 대단히 특별한 날이 되어 지금도 가끔 나를 동화적 세계로 빠져들게 하곤 한다. 그날 보았던 그녀의 방은 마치 정지된 사진처럼 내 기억 속에 각인되어 지금도 가끔씩 그때의 장면들이 떠오를 때면 나도 모르게 그녀가 틀어준 그 노래를 흥얼거리는 습관이 생겼다.

작고 아담했던 그녀의 방 책꽂이엔 록 음반들이 줄지어 꽂혀 있었고 그 위엔 콤팩트한 은색의 카세트/시디플레이어 세트가 놓여 있었다. 그 옆으로 존 레넌의 가사집이 보였다. 조금 어색한 듯 그녀는 우리에게 아무데나 앉으라고 말한 뒤 카세트의 플레이 버튼을 눌렀고, 버튼은 초록색 빛을 발하며 노래를 흘려보냈다.

한때 나는 여자가 있었지.

아니면 그녀에게 남자가 있었다고 해야 할까.

그녀는 내게 그녀의 방을 보여줬는데. 좋지 않아? 노르웨이의 숲.

그녀는 내게 잠시 머물다 가세요 하며 편하게 앉으라고 했어.

그래서 나는 주위를 둘러봤는데 의자가 없다는 걸 깨달았지.

나는 그냥 카펫 위에 앉아 시간을 벌며 그녀의 와인을 마셨어.

우린 새벽 두 시까지 얘기를 나눴고 그녀는 이제 잘 시간이라고
말했어.

그녀는 아침에 일하러 가야 한다며 가볍게 웃기 시작했어.

나는 일하러 가지 않아도 된다며 느릿느릿 욕조로 기어들어가
잠을 청했어.

내가 일어났을 때, 나는 혼자였고, 새는 날아가 버렸어.

그래서 난 불을 지폈지. 좋지 않아? 노르웨이의 숲.

- 〈노르웨이의 숲〉 -

그날 나는 묘한 감정에 이끌린 듯 그녀가 틀어주는 노래에 빠
져들었고, 그녀의 방은 마치 노르웨이의 숲에 나오는 방인 듯했고,
노래의 주인공이 느꼈을 법한 것을 나 또한 느끼고 있는 듯했다.

런던의 아침은 늘 그렇듯 내게는 찌뿌둥함이다. 런던의 변함
없는 우울한 날씨와 더불어 10년째 눈을 뜨면 찾아오는 불안과 긴
장감으로 인해 나는 항시 아침에는 침대에 몸을 축 늘어뜨리고 앉
아 창밖의 템스 강을 멍하니 쳐다보는 게 일상이었다. 하지만 그날
은 이상하게도 비틀스의 〈앤드 아이 러브 허And I Love Her〉가 머릿
속으로 들려오는 게 기분이 썩 나쁘진 않았다. 나는 그 노래의 멜로

디를 따라 흥얼거려 보다가 아침을 먹으며 아내에게 존과 요코가 살았던 집에 찾아가보자고 제안했다.

그들이 살았던 집은 런던 매릴번에 있는 몬터규 스퀘어에 있다. 마블 아치에서 가까운 곳이지만 우리는 조금 더 떨어진 베이커 스트리트에서부터 걸어가기로 했다. 셜록 홈스 박물관을 지나쳐 가고 싶었기 때문이다. 그날은 하루 종일 비가 내렸는데 그래도 베이커 스트리트는 어김없이 방문객들로 소란스러웠다. 우리는 사람들을 헤치며 옥스퍼드 스트리트 방향으로 걷다가 인적이 드물어 보이는 골목으로 접어들었다. 서서히 사람들이 멀어지고 주변이 조용해지기 시작하자 이번에는 적막한 느낌이 들었다. 습한 공기가 발소리마저 먹먹하게 하는 그 골목길을 따라 계속해서 깊숙이 들어가자 몬터규 스퀘어가 나왔다. 집들은 갈색 벽돌로 된 똑같은 모양의 4층 건물이 한 줄로 붙어 늘어서 있는 테라스 하우스 형태였다. 집 앞에는 기다란 공원이 있었고 빗물에 흠뻑 젖은 나무들이 커다란 덩치를 서로 부대끼면서 물방울이 뚝뚝 떨어지는 차가운 그림자를 만들어내고 있었다. 런던답게 축축하고 어두웠다.

1968년, 이곳 몬터규 스퀘어 34번지에서 존 레넌과 오노 요코가 함께 살았다. 이 집은 원래 링고 스타가 1965년에 구입한 이후 폴 매카트니와 지미 헨드릭스가 잠시 살기도 했다고 한다. 폴 매카트니는 여기서 〈일리너 릭비Eleanor Rigby〉를 비롯한 몇몇 곡들을 썼고, 지미 헨드릭스는 벽을 온통 검은색으로 칠하는 바람에 관리청으로

부터 집에서 나가라는 통지를 받기도 했다. 존과 요코 커플은 그들의 앨범 〈투 버진스Tow Virgins〉의 커버에 들어간 그 유명한 누드사진을 여기서 찍었다. 음악은 잘 모르겠지만 앨범 커버는 세상을 놀래키기에 부족함이 없었다.

존과 요코가 처음 만났을 때 둘은 이미 각자 결혼한 상태였다. 이 무렵 존은 그가 원했던 모든 것들(히트송, 돈, 인기, 아내, 자식……)을 다 이루었고, 밴드는 더 이상 올라갈 데가 없었다. 존이 학창시절 때 만나 결혼한 그의 아내도 가정주부로서 완벽했다.

하지만 비틀스의 성공을 즐겼던 다른 멤버들과는 달리 당시의 존은 오히려 침울해지는 일이 잦았다. 쉽게 상처받고 또 우울한 그의 기질 탓도 있었겠지만 잦은 공연과 쇼 비즈니스 그리고 유명인이라는 감옥 속에 갇힌 삶은 존에겐 견디기 힘든 일상이었다. 집에 오면 방에 혼자 틀어박혀 있는 시간이 점점 늘었고 아내와의 대화는 소원해졌고 멤버들과도 앨범작업이나 공연에 대한 애기 말고는 말을 잘 나누지 않았다. 누가 뭘 물어도 또 일에 관련해서도 항상 시니컬하게 응답했다.

아무것도 딱히 이룬 것이 없는 나로서는 존의 이런 침울함이 어린애가 부리는 투정 같이 느껴지기도 했다. 비틀스의 다른 멤버들은 도대체 네가 부족한 게 뭐가 있냐며 존에게 불평을 늘어놓았다고 한다. 많은 사람들은 성공을 하기 위해 피나는 노력을 해도 그것을 얻지 못해 힘들어 하는데, 모든 것을 다 이룬 듯한 존은 정작 행복하지 않았던 것이다.

여기 이렇게, 이제 나는 내가 항상 원했던 부자가 되었고 유명해졌는데, 아무것도 일어나지 않고 있다.

존이 느꼈던 이 배고픔은 과연 무엇이었을까?

그의 삶은 완벽 그 자체인데 무엇이 그를 고통스럽게 했을까?

그의 삶에서 그가 찾아 헤매었던 것이 세상 어딘가에 있기나 한 걸까?

하지만 이런 화려하고 성공적인, 그러나 그만큼 더 깊게 공허했던 존의 일상에 요코라는 존재가 등장한다.

내가 그녀를 만났을 때 나는 내가 가진 모든 것들을 놓아버려야 했다. 마치 아주 빠르게 달려오던 두 자동차가 서로 부딪치기 직전에 멈춰버린 느낌이었다.

존과 요코의 만남은, 히트송을 만들어내는 팝 스타 존을 생각하는 아티스트로 바꾸어놓았다. 이는 비틀스가 해체되고 나온 존의 작품들을 보면 잘 알 수 있다. 〈이매진Imagine〉, 〈사랑Love〉, 〈오 내 사랑Oh My Love〉, 〈인민에게 권력을Power to the People〉.

그중 존의 최고 걸작이라 할 수 있는 〈이매진〉에서 그는 도대체 실현 불가능한 것들에 대해서 얘기한다. '완벽한 삶'과 '완벽한 세상'을 꿈꾸라고 노래한다. 아마도 그 '상상'이야말로 평생을 통해 그가 찾으려고 했던 것이 아닐까? 또 그런 것은 존재하지 않는다고 대답하는 사람들에게 "너는 나를 꿈이나 꾸는 자라고 할지 모르겠지만 나 혼자만 이런 생각을 하는 건 아냐. 그러니 너도 언젠가 여기에 동참하길 바라"라고 호소한다.

나는 개인적으로 〈이매진〉 노래에 나오는 그런 세상은 존재할 수 없다고 생각한다. 왜냐하면 우리 모두는 불완전한 존재이기 때문이다. 이런 불완전한 존재들이 모여서 완전한 세상을 만들 수는 없는 것이니까. 그런데도 존은 여전히 완전무결한 세상을 꿈꾸어 보라고 설득하는 것을 멈추지 않았고, 그의 그런 자신감은 어린아이의 부드러운 손처럼 거절할 수 없는 힘을 지니고 있다. 나는 가끔 '영혼' 같은 볼 수 없는 것들을 단어로 들을 때마다 한 번도 경험한 적이 없는 그 단어를 모호하고 혼란스럽게 느끼곤 한다.

하지만 만약 형태를 알 수 없는 영혼이란 것을 볼 수 있고 느낄 수 있는 자가 있다면 바로 이런 사람이 아닐까 하고 나는 생각해본다.

오, 내 사랑
처음으로 나의 눈은 활짝 열렸네
오, 내 사랑이여
처음으로 나의 눈은 볼 수 있게 되었네
나는 바람을 볼 수 있고
오, 나는 나무를 볼 수 있으니
내 마음의 모든 것들은 명료해지네

나는 구름을 볼 수 있고
오, 나는 하늘을 볼 수 있으니
세상의 모든 것들이 맑아지네

오, 내 사랑
처음으로 나의 마음은 활짝 열렸네
오, 내 사랑이여
처음으로 나의 마음은 느낄 수 있네
나는 슬픔을 느낄 수 있고
오, 나는 꿈들을 느낄 수 있으니
내 마음의 모든 것들이 명료해지고
나는 삶을 느끼고
오, 나는 사랑을 느끼니
세상의 모든 것들이 맑아지네

-〈오 내 사랑〉-

　　존은 난생 처음으로 자신처럼 완전무결함을 꿈꾸는 다른 한
사람을 만났고, 이제 더 이상 외롭지 않았다. 그는 볼 수 있었고, 느
낄 수 있었다. 존은 요코를 통해 자신을 볼 수 있었고, 그녀와의 대
화를 통해 자신과 대화할 수 있었다. 존은 요코와의 만남을 빠르게
달려오는 두 자동차가 서로 부딪치기 직전 멈춰버린 순간에 비유
했는데, 어쩌면 그때 그가 본 것은 요코가 탄 차가 아니라 자신의 또

다른 자아가 타고 있던 차였는지도 모르겠다. 그리고 요코는 존의 자아를 보게 해주는 매개물이었던 것이 아닐까?

그래서 그들의 관계는 아내와 남편으로서의 관계를 넘어 동지 the same mind로서의 관계였고, 다른 많은 유명인사들이 그러하듯 약물과 우울증으로 쉽게 무너져 내렸을 수도 있었을 존의 삶이 그녀로 인해 지탱될 수 있었던 것 같다.

우리는 조용히 존과 요코가 이 집에 살았을 때 느꼈을 충족감에 대해 얘기를 나누며 시간을 보냈다. 그 모든 것이 바로 이 집에서 시작되었다. 그들은 각자 이혼했고 그리고 여기서 새로운 삶을 시작했다. 그들의 사랑이 영원했을지는 잘 모르겠지만, 적어도 그들이 함께했던 14년 동안은 그러했다. 모순이지만 그들의 사랑은 오히려 존의 죽음으로 불멸이 되었던 건지도 모르겠다.

몇몇 사람들이 무심히 집 앞을 지나치는 것이 보였다. 사진을 찍기 위해 포즈를 취하고 있는 나에게 한 사내가 "너 존이랑 닮았어"라며 한마디 던지고 지나갔다. 영국인들 특유의 친절한 멘트…… 기분이 나쁘진 않았다.

우리는 발길을 돌려 어둑어둑해지는 집 앞 공원을 돌아 집으로 향했다. 런던 최대의 번화가인 옥스퍼드 스트리트의 화려한 불빛과 사람들이 눈에 들어왔다. 다양한 모습으로 거리를 채우며 오가는 사람들의 일상.

그 누구도 완벽한 삶을 소유할 수는 없다. 그것은 생명의 운명

이 결국 죽음이기 때문이다. 그래서 우리 모두는 자기 자신을 연료로 삼아 타올라야 한다. 더욱 강한 불꽃으로 타오를수록 모순은 더 깊어지는 것이다. 이것은 피할 수 없는 운명이며 해결책은 아무데도 없다.

아니, 아마도 이런 운명이나 해결책은 중요한 것이 아닌지도 모른다. 중요한 것은 그런 시간 시간의 허무함과 맞서 싸울 수 있는 '용기'인지도 모른다. 당연하다는 듯이 밀려오는 삶의 공허함들에게 아무리 그것이 우주의 법칙이라 할지라도 나는 매일 꿈을 꿀 것이며 살아갈 것이며 완벽을 추구할 것이라는 그런 용기 말이다.

어쩌면 존의 그 끝없는 불만족은 그가 그런 용기를 지녔던 인물이었기 때문이 아닐까? 그리고 요코는 그에게 이따금씩 찾아오는 깊은 실망감과 외로움으로 인한 우울의 나락에서 다시 존 자신으로 돌아오게 할 수 있는 휴식 같은 존재, 그의 노르웨이의 숲이었던 것이다.

나는 마술을 믿지 않는다. 나는 예수를 믿지 않는다. 나는 엘비스 Elvis를 믿지 않는다. 나는 비틀스를 믿지 않는다. 나는 그저 나를 믿으며, 나와 요코를 믿으며, 그것이 바로 실제이다.

완벽히 어둠이 내린 이국땅의 하늘 아래, 나는 런던에서 만든 또 다른 노르웨이의 숲인 우리들의 방에 불을 켰다.

Plaque no. 3021

2 Upper Wimpole Street, Paddington, London

Sir Arthur Conan Doyle

아서 코난 도일 — 셜록 홈스의 집에는 누가 살까

런던 패딩턴 어퍼 윔폴 스트리트 2번지

○ 베이커 스트리트에서 세인트 존스우드 방향으로 걸어 올라가다보면 왼쪽 편에 있는 한 건물 앞에 많은 사람들이 길게 한 줄로 서 있는 것을 볼 수 있다. 맑은 날은 물론이고 비가 오는 날에도 마찬가지다. 어떤 사람들은 줄에서 잠시 빠져나가 카메라나 스마트폰을 들고 건물 여기저기를 다양한 각도에서 찍다가 다시 일행이 기다리는 줄 속으로 들어가기도 하고, 또 몇몇 사람들은 건물 전체와 주변을 한 장의 사진에 모두 담아내기 위해 차들이 오지 않는 틈을 타 4차선 도로를 급히 넘어가기도 한다. 그리고 건물에 들어갈 차례

가 되면 입구에서 오랜 전통의 영국 경찰관 복장을 하고 서 있는 사람과 기념사진 몇 장을 찍고 나서 사람들은 안으로 들어가기 시작한다.

221b 베이커 스트리트.

그것은 이곳이 바로 그 유명한 셜록 홈스의 집이기 때문이다. 건물 앞엔 '셜록 홈스 뮤지엄'이라는 간판이 커다랗게 달려 있고 그 위쪽에는 블루 플라크가 붙어 있는데 '셜록 홈스 컨설팅 탐정'이라고 쓰여 있다. 또 주변에는 그의 이름을 딴 호텔, 가게, 술집 들까지 흔히 볼 수 있어서 모두 한목소리로 그 탐정의 유명세를 칭송하고 있는 듯하다.

이런 분위기 때문인지 나는 사람들이 셜록 홈스와 왓슨을 실재했던 역사적 인물로 착각하고 있다는 느낌을 받았다. 한 번은 어떤 영국인이 저곳은 셜록이 살았던 집이라고 말하는 걸 들은 적도 있다. 그런데 원래 현실세계에서는 번호 자체가 존재하지 않았던 셜록의 집 주소는 소설 속에서나 존재했던 것으로, 소설의 성공 이후에 만들어진 것이다. 물론 블루 플라크 또한 가짜다.

셜록 홈스 뮤지엄에서 옥스퍼드 역 방면으로 조금 걸어가다 보면 어퍼 윔폴 스트리트라는 곳이 나온다. 이곳의 2번지는 셜록 홈스의 작가 아서 코난 도일이 일했던 곳이다. 그는 여기에서 안과를 개원했는데, 단 한 명의 환자도 찾아오지 않았다고 한다. 당시 이 동네에서 이미 영업 중이던 몇몇 다른 안과가 있었기 때문인지, 주민들은 새로 생긴 낯선 안과에 가기를 꺼려 했다. 그러자 코난 도일은 점차 병원 일은 접어두고 이전에 장편으로 썼던 셜록 홈스를 단편 연재형식으로 집필하기로 마음먹었다. 바로 이곳에 앉아 하루 종일 아이디어와 줄거리를 구상하며 글을 쓰기 시작했던 것이다.

세계 곳곳에서 찾아오는 수많은 사람들로 인해 연일 장사진을 이루는 셜록 홈스 뮤지엄과는 대조적으로 환자가 단 한 명도 찾아오지 않았던 그때처럼 지금도 이 집 주변은 한산하기만 하다. 그저 현관 입구의 벽에 '아서 코난 도일, 여기서 일하고 글을 썼다'는 내용의 녹색 플라크만이 쓸쓸히 붙어 있다. 아내와 내가 몇 장의 사진을 찍고 있자니 지나가던 사람이 잠시 멈춰 서서 녹색 플라크를 읽어보더니 "누구지" 하며 같은 일행에게 한마디 던지고 다시 가던 길을 걸어갔다. 아마 셜록 홈스는 알고 있을 것 같은데…….

아서 코난 도일.

1859년 스코틀랜드의 에든버러 태생으로 알코올중독이던 아버지 대신 삼촌의 도움으로 공부를 계속할 수 있었다. 에든버러 의과대학에 재학 중일 때부터 글을 쓰기 시작했는데 졸업 후 몇 번의 안과 병원을 개업했지만 번번이 성공하지 못했다. 그래서 드물게 오는 환자들을 기다리며 글을 썼다고 한다. 의과대학 시절 스승이었던 조셉 벨 교수와 에드거 앨런 포의 소설에 나오는 탐정 뒤팽 등에서 영향을 받은 것으로 알려진 셜록 홈스 캐릭터는 1887년 그의 소설 『주홍색 연구』에 처음 등장한다. 그 이후 셜록 홈스 이야기는 『스트랜드』라는 잡지에 연재 형식의 단편으로 계속 발표되어 폭발

적인 인기를 얻는 데에 성공했다.

그런데 이런 성공을 가져다준 캐릭터 셜록 홈스에 대해 작가인 코난 도일은 그다지 애정이 없었다고 한다. 어느 날은 어머니에게 보낸 편지에서 홈스를 죽여야겠다며 그 때문에 더 나은 작품을 쓰지 못한다고 불평하자 그의 어머니가 "절대 그러면 안 돼"라고 했다는 에피소드도 있다. 아마도 작가로서 코난 도일은 자신이 그저 재미로 창조한 캐릭터 셜록 홈스가 작가적이거나 예술적인 가치를 지니고 있지 않다고 생각했던 모양이다.

개인적으로 나는 예술은 삶을 표현하는 것이라고 믿고 있다. 그리고 글 쓰는 자로서 코난 도일이 현실 속에서 꿈틀거리며 살고 있는 사람들의 삶을 표현하는 데에 천재적인 재능을 가진 사람이라고 생각한다. 그런데도 그는 지향하는 글의 이상적인 모델이 더 높은 곳에 있었는지 자연스럽게 우러나오는 자신의 재능을 번번이 평가절하했던 것 같다.

어쨌든 독자인 나로서는 그런 것들과 상관없이 그 이야기를 즐긴다. 그러나 작가 자신이 이렇게 재미있고 위대한 자신의 창조물을 은근히 2류라고 여겼을 생각을 하니 안타깝기까지 하다. 코난 도일의 셜록 홈스 이야기를 읽고 있으면 마치 내가 19세기 런던의 어두운 범죄현장에 서 있는 것 같다. 범인의 치밀함과 잔혹함에 벌벌 떨면서 빨리 홈스가 단서를 찾고 그의 연역적 추리를 통해 사건을 해결해주기를 바란다. 그리고 왜 이런 살인이 일어났는지 밝혀주길 기대하며 그 사건에 얽힌 범인을 포함한 희생자들의 삶의 비극성에는 동정심을 보내는 한편, 홈스가 실현한 작은 정의를 치하하며 그에게 박수를 보내게 된다. 작품의 배경은 영국은 물론 세상을 깜짝 놀라게 한 희대의 살인마 잭 더 리퍼가 다섯 명의 여자들을 잔혹하게 살해하고 흔적도 없이 사라진 19세기 런던이지만, 마치 셜록이라는 드라마를 텔레비전으로 보고 있는 21세기 런던에서도 일어날 것만 같이 생생하다. 코난 도일은 놀라운 재능으로 셜록 홈스를 창조했고 셜록 홈스는 스스로 시공간을 넘어 영웅이 되었다.

　어쨌든 코난 도일은 홈스가 계속 미웠던 모양이다. 1893년 소설 「마지막 사건The Adventure of the Final Problem」에서 결국 홈스를 죽인다. 그러자 사람들은 "삶의 가장 어두운 순간"이라며 대성통곡을 하고 몇몇은 장례식 복장을 한 채 거리를 배회했으며 심지어 영국 왕실에서 애도와 유감을 표하기까지 했다. 코난 도일은 대중들의 분노에 가까운 성화에 못 이겨 어쩔 수 없이 홈스를 다시 살려낸다. 다시 살아난 홈스는 1927년까지 코난 도일에 의해 활약을 계속하고 그 뒤에 다른 많은 작가들의 상상력 속에서 거듭 살아나고 있다. 아서 코난 도일은 〈쥬라기공원〉의 원본 격인 『잃어버린 세계』(1912년)를 포함한 수많은 글을 썼다. 그중에서 나는 그의 최고의 걸작은 단연 셜록 홈스라고 생각한다. 그리고 이러한 내 의견에 셜록 홈스의 팬을 포함한 수많은 사람들이 동의할 것이라고 확신한다.

　오늘도 전 세계에서 찾아온 수많은 사람들은 천재탐정이 일하는 모습을 보기 위해 그가 살지도 않았던 가짜 집 앞에서 긴 시간 줄을 서서 기다리고 있다. 그리고 안으로 들어가 셜록과 왓슨이 없는 것을 발견하게 되면 그들이 사건을 해결하기 위해 밖에 나가서 아직 돌아오지 않은 것이라고 상상할지도 모를 일이다.

23 Brook Street, Mayfair, Westminster, W1, London,

Jimi Hendrix

지미 헨드릭스 – 슈퍼스타
런던 메이페어 브룩 스트리트 23번지

○ 런던의 번화가인 옥스퍼드 스트리트의 중심에는 두 개의 지하철역이 있다. 하나는 본드 스트리트 역이고 또 하나는 옥스퍼드 서커스 역이다. 두 역의 중간에 있는 뉴본드 스트리트와 올드본드 스트리트는 서로 하나로 연결되어 남쪽에 있는 피카딜리로 연결된다. 본드 스트리트는 세계에서 땅값과 집값이 가장 비싼 곳 중 하나인데 길 전체에 명품 숍들이 포진해 있고, 100년이 넘은 영국 미술품 경매업체인 '소더비'도 이곳에 있다. 최근에는 '빅토리아 시크릿'이라는 명품 속옷업체도 이곳에 문을 열었다.

이 가게를 끼고 왼쪽으로 돌면 세계 최고의 기타리스트로 손꼽히는 지미 헨드릭스가 살았던 집이 있다. 이 집은 그가 1970년에 죽기 전까지 영국인 여자친구와 함께 2년간 살았던 곳이다. 그의 여자친구는 바로 앞의 옥스퍼드 스트리트에 있는 존 루이스 백화점에 가서 커튼과 카펫 등을 구입해 집을 꾸몄다고 한다. 그는 이 집에서 인터뷰도 하고, 곡도 쓰고, 공연준비도 했다. 이 집은 현재 그가 살았던 집들 중 유일하게 남아 있는 집인데, 지미 헨드릭스는 "나의 유일한 집"이라고 말할 정도로 이 집을 좋아했다. 1층이 가게였던지라 저녁에 가게 문이 닫히는 시간부터 그가 원하는 만큼 음악을 할 수 있어서 특히 더 좋아했다고 한다. 우리가 자주 들렀던 시기에는 1층에 영국 명품 향수 브랜드인 '조 말론'이라는 가게가 영업 중이었고, 가게 바로 위쪽 벽엔 지미 헨드릭스가 1968~1969년에 여기서 살았다는 블루 플라크가 붙어 있었다. 그리고 그 건물의 오른쪽으로 눈을 돌리면 바로 옆집에 또 다른 블루 플라크가 붙어 있는 것을 발견할 수 있다. 플라크에는 게오르크 프리드리히 헨델이 1723년부터 여기서 살다 죽었다고 쓰여 있다.

헨델은 독일에서 태어났지만 1723년 런던으로 건너와 영국 시민이 된 이후 1759년에 죽을 때까지 36년을 이 집에서 살았다. 〈메시아〉를 비롯한 많은 명곡들이 바로 이곳에서 작곡되었다. 지미 헨드릭스는 이사 온 직후 바로 옆집이 헨델의 집이었다는 것을 알게 되자마자 당시 근처에 있었던 사우스 몰턴 스트리트의 원-스톱 레코드숍과 옥스퍼드 스트리트의 HMV로 달려가 〈메시아〉와 〈워터 뮤직〉을 비롯한 헨델의 작품들을 닥치는 대로 샀다고 한다. 바로 이런 이유 때문인지는 모르겠지만 어떤 사람들은 지미 헨드릭스의 기타 연주에 헨델의 화성이 들어 있다고 주장하기도 한다.

헨델이 살았던 브룩 스트리트 25번지 집은 헨델 뮤지엄으로 운영되고 있고, 바로 옆집인 브룩 스트리트 23번지 지미 헨드릭스의 집은 헨델 뮤지엄 사무실로 사용되고 있다. 2010년에 지미 헨드릭스 40주년을 기념하는 행사가 있었을 때 이 집이 공개되기도 했다. 사무실 직원들이 잠시 철수한 상태에서 열린 이 행사는 한정된 수량의 티켓이 발매되었는데 순식간에 표가 매진되어버렸고 참여하지 못한 많은 사람들이 아쉬워했다. 가끔 유명 뮤지션들 몇몇이 양해를 구하고 사무실을 잠시 둘러보는 적도 있었다고 한다. 이렇게 관심이 높아지자 현재는 영국 문화유산기금의 지원으로 브룩 스트리트 23번지 집을 지미 헨드릭스 뮤지엄으로 만들 계획을 세우고 있다니 기대가 된다.

지미 헨드릭스가 살았던 1960년대 당시 런던은 이 지역을 중심으로 유명한 음악 클럽들이 퍼져 있었다. 특히 유명했던 스픽이지The Speakeasy, 백오네일스The Bag O'Nails, 마퀴The Marquee가 모두 이 주변에 있었다. 그중 스픽이지는 한때 프로그레시브 록 밴드인 예스Yes의 매니저 로이 플린에 의해 운영되기도 했는데, 핑크 플로이드, 예스, 딥 퍼플, 제프 벡, 더 후, 밥 말리 등이 이곳에서 공연했고 킹 크림슨은 그들의 데뷔공연을 이곳에서 가졌다. 백오네일스는

지미 헨드릭스가 주로 잼jam(즉흥연주)을 했던 곳이고 폴 매카트니가 미래의 아내를 만난 곳이기도 하다. 그리고 마퀴는 롤링 스톤스가 처음으로 라이브 퍼포먼스를 한 곳이다. 이처럼 음악적 요소가 풍부했던 곳에 위치한 지미 헨드릭스의 집은 뮤지션이 직업인 그가 살기에는 최상의 조건이었을 것이다.

미국 시애틀 출신인 지미 헨드릭스는 〈해뜨는 집The House of the Rising Sun〉으로 유명해진 영국 밴드 '애니멀스The Animals'의 베이시스트 채스 챈들러의 눈에 띄어 1966년에 뉴욕에서 런던으로 건너오게 되었다. 그때까지만 해도 무명이었던 그는 음악 클럽에서 공연을 하며 조금씩 자신의 이름을 알리기 시작했다. 그러던 어느 날 한 클럽에서 그때까지 어느 누구도 도전해본 적이 없던 에릭 클랩튼에게 잼을 하자고 제의했다. 그리고 그날 그가 보여준 기타 연주는 에릭 클랩튼은 물론 그의 그룹 크림Cream의 멤버들 그리고 동석한 제프 벡의 입까지 쩍 벌어지게 만들며 당시 기타의 신들로 군림하던 그들의 자리를 위태롭게 만들었다고 한다. 이때부터 그의 신들린 듯한 기타 연주는 사람들의 입을 타고 번져 나갔고 어느 날 밤 공연에는 존 레넌, 믹 재거, 피트 타운젠드가 함께 관중석에 앉아서 보기도 했다.

그가 보여준 무대 위 퍼포먼스는 경이로움 그 자체였다. 그는 눈을 감고, 거꾸로 해서, 등 뒤로 돌려서, 이빨로 물어뜯으며 기타를 연주했다. 그의 카리스마와 연주 스타일 그리고 복장은 완전히 새로운 것들이었고, 앰프를 통해 뿜어져 나오는 사운드에 사람들은 넋이 나가버렸다고 한다. 그리고 그해(1966년)에 싱글 〈헤이 조Hey Joe〉와 이듬해인 1967년에 〈퍼플 헤이즈Purple Haze〉를 발표하면서 폭발적인 인기를 끌었고, 역시 같은 해에 〈폭시 레이디Foxy Lady〉가 포함된 첫 번째 앨범 『경험했습니까?Are You Experienced?』를 발표하면서 세계적인 스타가 된다.

나는 지미 헨드릭스의 기타 연주를 처음 들었던 순간의 신선한 충격을 잊을 수 없다. 특히 〈퍼플 헤이즈〉 첫 부분의 꿍.땅.꿍.땅에서 갑자기 따리리리~ 떠리리리 하고 들어가는 부분은 너무나 환상적이어서 몽롱한 그의 목소리와 함께 단번에 나를 상상의 세계로 끌고 들어갔다. 그의 기타 연주가 어찌나 비현실적으로 훌륭한지 그가 마치 인간이 아닌 존재로 느껴졌고 동시에 뮤지션이 되고자 하는 나에게 깊은 좌절감을 안겨다 주었다.

지미 헨드릭스는 단 한 번도 기타를 배우거나 정식 음악교육을 받아본 적이 없는 사람이다. 자신이 치는 코드가 무슨 코드인지 어떤 음계인지도 몰랐다. 그런데도 자신이 원하는 소리를 자유자재로 만들 수 있었다.

내 경우, 화성을 배우고 음악 이론을 공부하는 궁극적인 목적은 바로 감정을 표현해내고자 함인데, 그는 이 모든 과정을 훌쩍 건너 뛰어버리고 뚝-딱 하고 너무나 쉽게 그것을 해내버린 것이다. 그렇게 그는 남다른 천재성으로 저 하늘의 별처럼 눈부신 빛의 세례를 우리에게 내려주고 그 빛 아래서 평범한 음악학도일 뿐인 나는

지미 헨드릭스

왜 이렇게 불공평한 것일까 하는 생각으로 고개 숙이고 질투하는 수밖에 없었다.

그런데 그에 대해 공부를 하면서 내가 몰랐던 그의 삶의 다른 측면을 알게 되자, 비로소 나는 질투가 아닌 이해를 할 수 있었다. 그것은 바로 그의 음악에 대한 광적인 집착이었다. 솔직히 나는 배가 고프면 일단 음악이 잘 안 된다. 그런데 지미 헨드릭스는 전혀 그렇지 않았다. 그의 인생 목적은 오로지 음악뿐이었다. 기타를 껴안은 채 잠을 잤고, 기타 대신 돈을 벌라고 하면 당연히 굶기를 선택했으며, 공사 중인 빈집에 들어가서 자는 것도 스스럼없었다. 몸이 상하든 말든 상관도 안 하는 그가 미치지 않았나 하는 생각도 간혹 들 정도였다. 그에게 집세, 전기세, 교통비, 식비, 이런 단어는 없었다.

다시 말해 그는 100퍼센트를 기타에게 주었고 그 대가로 기타도 그에게 100퍼센트를 준 것이다. 신으로부터 한 박스 선물받은 테크닉이나 아이디어가 아니라 광적으로 자신의 삶을 몰고 갈 수 있는 대담함으로 음악에 몰두해서 천재성을 획득하고 저 높은 곳으로 가 슈퍼스타가 되었던 것이다. "모래로 지은 성Castles Made of Sand"을 부수고 "작은 날개Little Wing"로 "공중을 날아 하늘에 키스Scuse Me While I Kiss the Sky"한 뒤 "보라색 어지러움Purple Haze"으로 무대 위에서 미친 듯 자신을 불살라 빛이 되었다는 얘기. 그런데 이런 생각을 하며 고개를 끄덕이다가 뜬금없이 가슴이 아파왔는데 그것은 왜였을까?

지미와는 다르게 나는 타협을 좋아하기 때문이다. 균형이라는 이름의 사회적 요구에 항상 타협함으로써 사람 좋다는 평가를 받고 싶어 한다. 그리고 책임감을 가지고 그저 먹고살기 위해 바쁜 사람들의 일상에 항상 감동하는 편이다. 그런데 그 성실한 사람들의 일상에 간혹 감도는 공허함이 쓸쓸한 것 또한 사실이어서 이것이 나를 툭툭 우연히 칠 때마다 먼지처럼 풀풀 일어나기도 한다.

그렇지만 나는 미래를 걱정하며 대비하느라 오늘을 양보로 채우고 그것들을 결국 포기라는 어두운 생물체로 만들어서 내 마음 뒤쪽에 숨겨놓는 일에 익숙하다. 대담한 선택이 주는 어지러움보다 평범한 선택이 주는 안정감이 좋다. 또한 보통 사람들과 같은 이야기를 나누며 다수라는 사실이 주는 강력한 치유력에 기대어 매일매일 일어나는 일들에 자부심을 느끼는 사람이다. 결국 그래서 나는 먼지에 묻혀 익명으로 살아가는 것이고, 지미는 스타들의 스타로 살아간 것이겠지.

브룩 스트리트에 있는 보석가게들의 유리 상자에 화려하게 진열되어 있는 다이아몬드처럼 그는 세상에서 가장 단단한 존재감으로 나를 잠시 낙원의 아름다움 속에서 꿈꾸게 한다. 그러나 어디까지나 꿈일 뿐 그것을 소유할 수는 없다. 나는 그 특별함이 주는 차가운 영롱함에 지불해야 할 돈이 없다. 그래서 부담스럽다. 결국 모든 것은 공평하게 이루어진 것이었다.

나는 음악을 하며 느끼는 행복감을 좋아한다. 동시에 아들, 친구, 남편이라는 역할 속에서도 행복하고 싶다. 그래서 음악도 딱 그만큼의 재능을 나에게 준 것이다. 그러나 지미는 아무도 없는 그 지독한 외로움의 공간에 아무런 망설임 없이 전력으로 달려가 목숨을 거래함으로써 음악을 소유하고 슈퍼스타가 된 것이다.

오늘도 런던 최고의 명품거리답게 스타일리시하게 차려입은 사람들은 본드 스트리트 여기저기를 메우고 있다. 몇몇 명품 자동차들은 보석상 앞에 창문을 내린 채 대기하고 있고, 또 몇몇 여자들은 '빅토리아 시크릿' 명품 속옷을 사들고 기쁜 표정으로 지미 헨드릭스와 헨델이 살았던 집 앞을 차례로 지나간다.

어쩌면 지미 헨드릭스는 나 같은 수많은 먼지들이 만들어낸 욕망의 실체이고 그들이 완성해내지 못한 꿈들의 고체일지도 모르겠다. 하지만 수많은 먼지들이 그의 빛을 바라보는 동안 그는 차가운 암흑 속에서 언제나 홀로 외로이 빛나는 존재였다.

지미 헨드릭스는 슈퍼스타가 되기 위해 자신의 모든 것을 바쳤지만, 모순되게도 종국에 그가 원했던 단 한 가지 소원은 다시 무명으로 돌아가는 것이었다고 한다.

4 Chesterfield Street, Mayfair, W1J 5JF, London

Beau Brummell

보 브러멜 – 댄디함과 욕망의 코드

런던 메이페어 체스터필드 스트리트 4번지

○ 보 브러멜의 집은 런던에서 가장 비싼 지역 중 하나인 메이
페어에 위치해 있다. 이 동네를 걷다보면 블루 플라크가 달려 있는
집들을 쉽게 볼 수 있다. 런던 중심부에 위치한 탓인지 저명한 사람
들이 많이 살았던 것 같다. 체스터필드 스트리트 4번지에 위치한 보
브러멜의 집은 지하 1층 지상 5층의 건물이다. 외부는 그가 살았던
시대인 리젠트 스타일의 타운하우스 양식을 그대로 간직하고 있고,
내부는 전통과 현대적 감각을 접목한 호화로운 인테리어로 꾸며져
있다. 이런 보 브러멜의 집은 2014년 1월에 850만 파운드(약 150억

원)의 가격으로 부동산 시장에 나오기도 했다. 영국은 집이나 건물의 양식 또는 시대에 관련된 것들을 그 시대를 통치한 왕의 이름을 따서 부르는 경향이 있는데, 보 브러멜의 집이 리젠트 스타일로 불린 이유는 정신병을 앓은 조지 3세를 대신해 그의 아들이 섭정regent한 시대였기 때문이다. 그는 나중에 조지 4세가 되었고 그의 지시 아래 리젠트 스트리트, 리젠트 공원 등이 만들어졌다.

런던 시의회에서 처음 이 집에 보 브러멜의 블루 플라크를 달려고 결정했을 때 고민이 하나 있었다고 한다. 바로 그를 어떻게 설명할 것인가에 관해서였다. 블루 플라크에는 그 사람의 이름과 직업 또는 업적을 짤막하게 적게 되어 있는데, 보 브러멜은 딱히 이렇다 할 직업이나 업적이 없어서였다. 그래서 의류산업에 미친 그의 지대한 영향을 고려해서 생각해낸 것이 '패션의 선구자Leader of Fashion'라는 문구였다. 어쩌면 '댄디dandy(멋쟁이)'라는 말이 좀 더 사실에 가까울 수도 있겠지만 블루 플라크의 취지나 권위를 생각하면 첫 번째 것이 더 그럴싸해 보이긴 한다.

'댄디'라는 말의 유래는 정확히 알 수 없다. 하지만 1770년대 초 잡다한 색깔에 몸에도 맞지 않고 완성도도 떨어지는 미국 식민지 군인들의 군복을 보고 영국 군인들이 비아냥거리듯 불렀던 노래의 가사에서 시작되었다고 알려져 있다. 당시 영국 군인들은 말을 타고 모자에는 우아한 깃털을 꽂은 그들의 군복이 그렇지 않은 미국 군인들의 것보다 훨씬 도시적 세련미를 지니고 있다고 생각했다. 즉 볼품없는 옷을 입고 멋있는 체하는 사람들을 보고 '댄디'라고 부른 것이다. 하지만 얼마 지나지 않아 영국군이 미국의 초대 대통령 조지 워싱턴이 이끄는 독립군에게 패하자 이번에는 미국 군인들이 자신들이야말로 진짜 사나이들이고 뭇 여성들을 매혹할 수 있는 '섹시한 댄디'라며 노래를 바꿔 불렀다고 한다. 그 후 노래의 가사는 다시, 왕 같은 위엄으로 남들과 구별되는 복장을 입고 가문 좋은 양반들에 둘러싸인 조지 워싱턴을 조롱하는 내용으로 바꿔었다. 이처럼 '댄디'라는 말은 그 의미가 계속 변해왔다. 처음에는 조잡한 옷을 입고 멋있는 체하는 남성들이란 의미로서, 다음에는 섹시한 남성들이라는 의미로서, 그리고 다시 높은 신분에 가식과 허세를 부리는 남성들이라는 의미로서였다. 그러므로 '댄디'라는 말은 허영심을 가진 모든 남성에 대한 찬사이자 동시에 조롱이라고 할 수 있었다. 그들은 군인이었고, 성적 모험가였고, 상류가정의 못난 자식이었던 것이다.

사회적으로 다양한 변화가 진행된 18세기의 끝자락과 19세기 초를 풍미했던 보 브러멜은 이 세 가지 요소를 두루 지닌 '댄디'의 총체였다. 그는 한때 군인이었고, 돈 주앙이었고, 또 허식가였다. 섭정 황태자의 군대에 함께 있었고, 수많은 여성들과의 관계를 그저 즐기는 바람둥이였고(영국 낭만파의 대표 시인 중 한 명이자 보 브러멜의 친구였던 바이런은 그의 작품「돈 주앙」은 부분적으로 보에게서 영감을 받아 쓴 것이라 했다고 한다), 그리고 결국 외상과 도박으로 자신의 전 재산을 날려버린 허영심에 가득 찬 사람이었으니 말이다.

1750년대 런던은 세계에서 가장 큰 부자도시였다. 사람들은 보다 나은 삶을 위해 런던으로 몰려들었고 거기엔 내국인 외국인 할 것 없었다. 보 브러멜의 선조들도 그렇게 런던으로 들어왔다. 처음에는 하인 일을 하다가 나중에 숙박 사업과 정치인들의 개인비서로 일하며 점차 부와 인맥을 쌓아나갔고, 이후 중상류층의 사회적 지위를 얻었다. 바로 이 시점이었던 1778년에 보 브러멜이 태어났다. 그의 아버지는 그를 이튼 칼리지에 보냈고 졸업 후에는 옥스퍼드 대학에서 공부하게 했다. 이튼 칼리지를 거쳐 옥스퍼드나 케임브리지 대학을 들어가는 것은 지금도 영국의 정·재계로 진출하는 가장 일반적인 루트다.

보 브러멜은 이튼 시절부터 패션에 남다른 재능을 보였다고 한다. 그리고 그때 자신의 패션 감각과 말재간으로 같이 공부했던 섭정 황태자와 친구가 되었고, 이 친분을 이용해 상류사회에 진입한다. 그 후 그는 뛰어난 스타일로 많은 신사들과 귀족들에게 센세이션을 불러일으키며 단숨에 영향력 있는 유명 인사가 되었는데, 심지어는 섭정 황태자가 넥타이 매는 법을 그에게서 배워가기도 했다.

그는 아침 시간 대부분을 입고 나갈 옷을 고르는 데 보냈으며 세인트 제임스 스트리트에 있는 양장점에 들러 자신이 디자인한 옷을 맞춰 입었다고 한다. 그 덕에 그가 주로 이용했던 세인트 제임스 스트리트를 중심으로 저민 스트리트, 사빌 로 스트리트 등에서 각종 패션 관련 가게들이 호황을 누리기 시작했다. 또한 수많은 재단사들이 그의 옷을 만들고 싶어 열광했다. 주로 본드 스트리트에서 식사를 하고 차를 마시는 보를 보기 위해 사람들이 몰려들기도 했는데, 그 때문에 본드 스트리트는 스타일리시하고 사회적으로 영향력 있는 사람들이 모여서 노는 거리가 되었다고 한다. 지금도 이곳은 영국에서 둘째가라면 서러울 정도의 명품거리다.

그러나 보에게 화려한 영광을 가져다준 그의 재능은 불행히도 통제 불능의 어두운 욕망이었다. 스타일리시한 삶을 누리기 위해 오직 소비하기만 했던 그로서는 당시 일반 사람들의 1년 연봉에 맞먹는 옷 한 벌 가격을 치르기 위해 외상을 하는 일이 많아진 건 당연했을 터다. 결국 빚을 갚을 수 없자 도망자 신세가 되어 감옥까지 가게 된다. 게다가 난잡했던 성생활로 인해 생긴 매독의 부작용으로 온몸이 흉측하게 변해갔으며 말년에는 치매까지 걸렸다고 한다. 초라하게 몰락한 보의 노년은 그의 전성기와 대비되어 더욱 충격적으로 느껴지는데, 한 영국 학생이 프랑스로 휴가를 갔다가 우연히 보를 알아보고 쓴 글이 하나 남아 있다. 그 내용은 이러하다.

바람은 살을 에고, 추위는 매섭다.
나는 허약하고 늙어만 간다.
어깨엔 다 낡은 외투만이 걸쳐져 있고,
우산 아래 보호되고 있는
한때, 재치 있는 말들로 세상을 놀라게 했던 나의 머리는,
이제 아무것도 남지 않은 채 잘 말려 올라간 가발에 덮여 있다.
오! 오! 어떤 바람과 비가 후려치기에,

그 대단했던 보 브러멜은 이런 모습으로 거리를 걸어가고 있는가.

그리고 얼마 후 보는 프랑스의 한 정신병원에서 쓸쓸한 죽음을 맞았다. 그가 죽었을 때 몇몇을 빼고는 런던의 그 어느 누구도, 또한 미디어에서도 그의 죽음에 대해 알지 못했다. 그의 오만한 명성을 사랑하고 진정한 친구임을 맹세하던 순진무구한 얼굴의 수많은 사람들은 처참한 몰락의 고통 앞에서 아무런 동정심도 없이 그를 깨끗이 잊어버린 것이다. 역시 유명인사를 따르는 사람들은 그 사람을 존경하는 것이 아니라 그들의 명성을 가능하게 하는 성공을 존경하는 것인가 보다.

그러나 그리 쉽게 그를 잊어버린 사람들은 시간의 망각 속에서 철저히 죽음으로 사라졌지만, 살아 있으면서 죽은 자의 지옥을 체험했던 보는 170년이 지난 지금까지도 댄디, 패션이라는 이름 속에 기억되며 살아 있으니 재미있는 일이다.

보는 다음과 같은 말들을 남겼다고 한다.

"댄디는 입기 위해 살고, 댄디가 아닌 자들은 살기 위해 입는다."

"댄디는 자신이 아닌, 다른 이들을 매료시키기 위해 입는다."

"옷을 입는 가장 중요한 원칙은 깔끔함이다."

"화려한 컬러가 많이 들어간 옷을 피하고 전체를 관통하는 한 가지 색조를 강조함으로써 보는 이들을 차분하게 가라앉혀라."

"나, 보 브러멜은, 바지와 어두운 코트와 하얀색 셔츠와 깔끔한 아마포를 현대 남성들에게 주었다. 나는 감히 말하건대 이것이 나로 하여금 유명인으로서의 입지를 굳혔다고 생각한다."

여기 보가 남긴 말들에서도 알 수 있듯이 보 스타일의 핵심은 심플함이었다. 당시는 화려하고 장식이 많이 달린 조지 왕조풍이 유행이었는데, 경쟁하듯이 화려해지려고만 하는 사람들에게 적은 것이 더 많다는 획기적인 아이디어로 승부한 것이다.

이런 그의 독창적인 패션은 왕을 중심으로 모든 것이 돌아가던 시대의 남성들에게 '왕'보다 더 세련되게 입을 수 있다는 자신감을 심어주면서 '댄디즘danyism'을 탄생시켰는데 그 결과로 자아나 개성이라는 현대적 개념이 일반화되었다. 시대의 가치를 혁명적인 패션 하나로 변화시켜낸 것이다. 이후 그의 스타일은 현대 정장과 넥타이로 발전했고, 여전히 수많은 패션 브랜드들에게 영감을 주고 있다.

아티스트, 모던 패션의 아버지 등의 다양한 이름으로 불리는 그의 인생에 대해 솔직히 존경을 보내야 할지 어쩔지는 모르겠다. 다만 대부분의 사람들은 옷을 잘 입고 싶어 하고 그것을 통해 자신에겐 만족감, 타인에겐 좋은 인상을 주기를 원하지 않나? 그리고 어떤 사람의 패션 센스를 보고 그 사람을 평가하는 것도 사실이다. 현대 의류 산업의 덩치만 보더라도 수많은 사람들이 세련된 옷차림을 위해 엄청난 돈을 소비한다는 것을 알 수 있다. 그러므로 여기서 한 번쯤 보가 풀어낸 그 욕망의 코드를 통해 한 수 배우는 것도 나쁘진 않을 것 같다. 그를 어떻게 평가하든 모든 사람이 동의하는 것은 그가 댄디, 멋쟁이였다는 사실이니까.

보 브러멜이 주로 다녔다는 저민 스트리트, 세인트 제임스 스트리트, 본드 스트리트는 나와 아내가 가장 많이 걸었던 런던의 길들에 속한다. 우리가 처음으로 보 브러멜을 알게 된 것도 저민 스트리트의 한가운데 서 있는 그의 동상을 보면서부터였다. 그 동상은 우리를 하이드 파크 방면으로 향하는 피카딜리를 따라 그가 살았던 체스터필드 스트리트 4번지로 안내해주었고, 메이페어라는 지역을 우리에게 소개해주었다. 뿐만 아니라 패션이나 트랜드에 별 관심이 없었던 나에게 윈도쇼핑의 재미를 불러일으킨 것은 물론, 진부하기 짝이 없는 나의 패션 감각에도 일대 변화를 가져다준 장본인이 되었다. 그의 동상 밑에는 이렇게 쓰여 있다.

진정으로 우아하다는 것은 드러나지 않아야 한다는 것이다.

17 Gillingham Street, Westminster, SW1, London

Joseph Conrad

조지프 콘래드 ─ 어둠의 심연

런던 빅토리아 질링엄 스트리트 17번지

○ 우리 부부는 런던에서의 마지막 몇 년을 빅토리아에서 지냈다. 이 지역은 템스 강이 가까이 있고 트래펄가 광장까지 내 걸음으로 40분 정도면 갈 수 있어서 시내에 직장이 있었던 나는 매일 걸어서 출퇴근을 했다. 처음에는 강을 따라 웨스트민스터 국회의사당을 거쳐 트래펄가 광장으로 갔는데 나중에는 빅토리아 역 방향으로 가서 버킹엄 궁 앞에 있는 세인트 제임스 공원을 가로질러가는 방법으로 길을 바꿨다. 그것은 빅토리아 역 쪽의 길이 훨씬 더 빠르다는 이유도 있었지만 가는 길에 있는 조지프 콘래드의 집 때문이기

도 했다.

나는 늘 뭔가에 쫓기듯 급하게 걷는 습관이 있다. 마치 지금 있는 곳에서 벗어나 다른 어딘가로 절박하게 가고 싶어 하는 사람처럼 말이다. 결국엔 똑같은 곳을 왔다갔다할 뿐이면서 그렇게 허둥거리며 걷는 게 싫지만 참으로 어쩔 수 없는 바보스러운 버릇이다.

그날은 밤새 비가 내린 다음날이었다. 아침에 여기저기 물웅덩이들이 생긴 바람에 신발을 적시지 않고 빨리 걷자니 여간 성가신 게 아니었다. 툭하면 앞길을 막는 물웅덩이들 때문에 투덜거리면서 걷다보니 갑자기 다리에 피로감이 몰려왔다. 그래서 잠시 멈춰 섰다. 그런데 숨을 몰아쉬며 서 있는 내 앞에 작은 물웅덩이들이 움직임 하나 없이 반듯하게 누워 있는 것이었다. 그 작은 조각들은 마치 바쁜 세상과는 무관하다는 듯이, 그러면서도 거리를 세밀하게 반영하고 있었다. 이끌린 듯 나는 무의식적으로 그것들에 비친 건물들을 살펴보았다. 그중에 조지프 콘래드의 블루 플라크가 웅덩이 작은 조각에 새겨져 있었다.

그렇게 그날 이후 출퇴근길은 그의 집 앞을 지나는 빅토리아 역 방향으로 고정되었다. 사실 빅토리아 역 주변은 항상 복잡하기 때문에 빨리 걸어야 직성이 풀리는 나는 그 길을 싫어한다. 그래서 돌아가는 길인데도 강을 따라 걸어다닌 것이었는데, 조지프 콘래드의 집 앞을 지나다니기 위해 복잡한 것도 무릅쓰고 역 방향으로 길을 바꾼 것이다. 그냥 잠시 멈춰 서서 혼자 이런저런 생각을 하다 다시 길을 재촉하는 것이 전부였지만 그래도 그런 시간이 있어서 참 좋았다. 그리고 나는 그런 시간이 가능하게끔 영감을 주었던 존재 조지프 콘래드를 그 길에서 매일같이 마음속으로 초대하곤 했다.

콘래드는 이 집에서 그의 첫 소설 『올메이어의 어리석음 Almayer's Folly』을 완성했다. 1884년 7월에 한 출판사에 원고를 보내며 혹시 채택되지 않을 경우를 대비해 이 집 주소를 쓰고 우표를 붙인 봉투를 따로 동봉했다고 한다. 기다려도 답이 오지 않아 출판사에 자신의 원고를 돌려달라고 편지를 보내자 출판사 측에서는 출판을 하기로 했다는 답장을 보낸다. 이 일은 콘래드의 인생에 매우 중대한 획을 긋는 사건이 되었는데 그가 20년간의 선원생활을 접고 본격적으로 작가의 길을 걷는 시발점이 되었기 때문이다. 이때 그의 나이 서른여섯 살이었다.

그가 작가가 되기로 결심한 이유는 두 가지로 보인다. 첫째는 선원생활로 인해 쇠약해진 건강이었고 두 번째는 글쓰기에 대한 지대한 관심이다. 콘래드는 바다에서 일을 하긴 했지만 실제로는 폴란드 지식인이자 독립운동가였던 부모 밑에서 자란 좋은 가문 출신이었다. 그는 한 인터뷰에서 20년간의 항해 후 왜 글을 쓰기 시작했는가 하는 질문에 몇 분간 침묵하더니 이렇게 말했다고 한다.

바다에 너무 오랫동안 있었어.

가까운 지인의 말에 따르면 콘래드는 바다 위에서의 고독함과 지루함, 그리고 힘든 일을 싫어했다고 한다. 즉 바다를 경험하는 것보다 회상하는 것을 더 좋아한 셈이다.

콘래드가 바다에서 일하게 된 것은 스스로 원해서가 아니라 당시 폴란드가 주변 강대국(러시아)에 의해 처해 있던 상황이 큰 역할을 했던 것으로 보인다. 러시아의 군대징집을 피하기 위해 프랑스로 건너가 프랑스 상선을 타면서부터 그의 선원생활이 시작되기 때문이다. 프랑스어를 거의 완벽하게 구사했던 그는 꽤 짭짤하게 돈을 모으기도 했으나 헤픈 씀씀이나 도박으로 다 날리고 말았다. 때마침 러시아 제국의 허가장 없이 일했던 것이 들통 난 뒤 프랑스 쪽에서 서류를 요구하자 절망한 나머지 총으로 자살 시도(20세)를 하기도 한다. 운 좋게도 총알이 어깨 쪽에 맞은 덕분에 그는 살아남았다. 이후 이 사건은 서류가 필요 없는 영국 상선에서 일하는 계기가 된다.

나이 스물을 갓 넘긴 콘래드는 1878년 영국에 와서 10년 뒤에 영국 국적을 취득하고, 열여덟 차례나 배를 옮겨 타고 세상을 항해하며 경험을 쌓는다. 당시 많은 외국인들이 영국 배에서 일을 했지만 콘래드처럼 교육을 받거나 지적 관심을 공유할 만한 사람이 거의 없었기 때문에 무척 외로웠다고 한다. 하지만 더 큰 문제(?)는 그가 영국으로 왔을 때 구사할 수 있었던 영어가 몇 마디뿐이었다는 것이다. 특히 그의 발음과 억양은 폴란드어와 프랑스어가 강하게 뒤섞인 탓에 그가 한마디만 해도 사람들은 외국인임을 알아볼 수 있었다고 한다. 이런 그의 발음과 억양은 그가 대작들을 쓴 이후에도 강하게 남아 있어서 영국인 지인들과 출판계에서는 콘래드가 어떻게 영어로 이런 작품들을 써낼 수 있었는지에 대해 신기하게 여기기까지 했다.

그는 왜 폴란드어나 프랑스어로 글을 쓰지 않았느냐는 질문에 이렇게 말했다고 한다.

내가 완벽히 알고 있는 언어로 내가 가진 것을 표현하는 것이 두려웠다. 영어는 만약 표현하고자 하는 말을 찾지 못하면 만들어 내면 그만이다.

또 어느 날은 폴란드에서 친구가 찾아와 폴란드어로 글을 써서 민족의 문학에 기여해 달라고 제의하자 이렇게 말했다.

아름다운 폴란드 문학은 나의 가치 없는 잡담을 표현하기엔 너무도 가치가 있는 것이다. 하지만 영국인들에겐 나의 능력이 그저 충분할 것 같다.

그가 왜 이런 대답을 했는지는 잘 모르겠다. 중요한 것은 그가 자신의 예술을 표현할 수 있는 매개체로 영어를 선택했다는 것이다. 결국 그것이 영어라는 언어에 대한 개인적 편애를 암묵적으로 표현한 것이 아닐까 싶다. 그가 남긴 기록에는 이렇게 쓰여 있다.

조지프 콘래드

영어는 나의 은밀한 선택이고, 나의 미래이고, 나의 친구이고, 나의 가장 깊은 애착이고, 오래된 고통이자 편안함이고, 이 언어로 책을 읽고 생각하고 기억했던 감정들의 고독했던 시간들이자 나의 꿈이었다.

만약 프랑스에서 서류를 요구하지 않았거나 당시 폴란드의 정치적 상황이 달랐다면 어떠했을까. 아마 그는 폴란드어나 프랑스어로 작품을 썼을지도 모를 일이다. 그런데 재미있는 사실은 그가 쓴 작품들에 표현된 폴란드어 또는 프랑스어 특유의 단어, 문법, 구문들이 오히려 그의 영어 문체를 독특하게 만드는 요소로 작용했다는 것이다. 약점마저도 개성으로 만들어버린 그의 문학적 재능이 감탄스러워진다.

조지프 콘래드는 많은 작품들을 썼지만 역시 그의 대표작은 『어둠의 심연Heart of Darkness』일 것이다. 콘래드가 실제로 상선을 타고 중앙아프리카에 있는 콩고 강을 거슬러 올라가며 경험했던 일들이 이야기의 주된 소재라고 한다.

아프리카 문명에 대한 묘사라거나 인종차별, 여성에 대한 시각 등으로 인해 평가가 엇갈리지만 당시 19세기 유럽에서 미덕으로 여겨지던 제국주의에 대해 심각한 문제제기를 한 작품이라는 점에는 이견이 없는 것 같다. 또한 이른바 '문명인'이라는 커츠 대령의 행동을 통해 사회적으로 존경받는 인물이라 하더라도 힘(타인을 좌

우할 수 있는)이 주어지면 가장 야만적이고 잔혹한 행위를 할 수 있는 것이 '인간'임을 보여준다. 1979년에는 이 작품에서 영감을 받아 〈지옥의 묵시록〉이라는 영화가 만들어지기도 했다. 영화의 배경이 콩고 강에서 캄보디아의 넝 강으로 바뀌었을 뿐 시대가 다를지언정 폭력의 역사는 변하지 않는다.

강과 함께 흘러가는 이야기는 강의 근원으로 들어갈수록 더욱 불명확해지고 어둠은 깊어지기만 한다. 그리고 그 정점에서 죽음을 앞둔 커츠 대령은 "공포, 공포!"라고 절규한다.

어둠의 밑바닥에서 대면한 그것의 실체가 바로 자기 자신이었기 때문이리라. 세상에 그것보다 더 공포스러운 일은 없을 것 같다. 그런데 커츠 대령이 "공포!"라고 울부짖는 순간부터 나는 그가 더 이상 악의 화신으로만 여겨지지 않았다. 오히려 인간 마음 깊은 곳에 있는 어둠의 심연으로 들어간 뒤 죽음을 맞아야 했던 그에게 알 수 없는 동정심을 느꼈다.

거대한 사회의 '이상'은 찬란하다. 제국주의는 커츠 대령과 조지프 콘래드 시대의 '이상'이었다. 영국의 경우만 보아도 '대영제국은 해가 지지 않는 나라'라며 식민지화의 영광을 찬양했다. 시대적 무지였을까?

우리 시대의 이상은 또 어떠한가? 다행이라고 해야 하나? 나에게는 우리 시대 이상의 대하大河 속으로 헤치고 들어갈 수 있는 능력이 없다. 게다가 그것의 바닥에서 어둠의 얼굴을 대면할 수 있는 용기는 더더욱 없다. 그런데도 나는 마치 물웅덩이들 때문에 바쁜 발

걸음을 자꾸 멈춰야 했던 것처럼 이 '어둠의 이야기'에 자주 생각을 가로채였다. 그래서 할 수 없이 그저 조지프 콘래드가 이끄는 대로 따라가 심연으로 떨어졌다 나오는 것을 반복할 수밖에 없었다. 그는 매번 내 정신의 손을 잡고 어두운 그곳으로 한 치의 의심도 없이 제치고 들어가곤 했다. 나는 그곳에서 사랑이나 희망이 아닌 어떤 이상의 위선과 야만에 치를 떨었다. 무엇보다도 그곳에서 커츠 대령의 공포를 보았다. 그러면서 이상하게도 죽어 이 세상에 없는 조지프 콘래드에게 신뢰 가득한 친근감을 느끼게 되었다.

한국으로 돌아오기 직전까지 몇 년 동안 출근길과 퇴근길에 마음으로 두드렸던 그 집 대문! 언제나 열렸던 그 문 뒤에서 어김없이 밀려 나왔던 어둠과 공포!

그것은 어디론가 달아나듯 바쁘게 살아가며 늘 피로에 쩌든 내 발을 적시는 차가운 물 웅덩이였다. 그래서 나는 황금빛으로 빛나는 빅토리아 여왕의 동상이 커다랗게 세워져 있는 아름다운 버킹엄 궁전 앞은 되도록 빨리 지나치고 대신에 시커먼 물웅덩이들이 가득한 그 골목에서 걸음을 멈췄었다. 그리고 서늘했던 '조지프 콘래드'로의 방문을 소중하게 생각했다.

16 Westbourne Park Villas, W2, London

Thomas Hardy

토머스 하디 — 테스, 더 이상 꿈꾸지 않는 여인

런던 웨스트본 파크 빌라스 16번지

○『테스』의 작가 토머스 하디는 영국 남서부의 도싯 지방에서
태어났다. 그 때문인지 하디는 그의 대부분의 작품을 통해 시골 풍
경을 집중적으로 묘사하였다. 그가 묘사한 자연 풍광은 그 속에 사
는 인간들과 함께 하나의 유기물처럼 융화되어 때로는 가혹하고 거
칠게, 때로는 무심한 쓸쓸함으로, 때로는 불길한 풍요로움으로 다
양하게 다가온다. 자연이 무슨 감상이 있으랴. 다만 영원한 자연 속
에 그저 한때를 살다간 인간들의 삶이 초라하여 그런 것이리라.

내가 처음으로 토머스 하디의 『테스』를 접한 것은 어린 시절 텔레비전에서 방영한 로만 폴란스키 감독의 영화를 통해서였다. 여주인공이 너무 예뻐서 잔뜩 동경심을 가지고 봤었다. 사실 당시의 나는 너무 어려서 그 이야기의 비극성을 이해하지 못했고, 그저 이국적 풍경과 서양 미녀의 매력에 도취되어 장면들을 마치 네잎클로버나 마른 장미 잎들처럼 스크랩하여 막연히 마음속에 꽂아두었던 것 같다. 그 이후로 '테스' 이야기는 여배우의 예쁜 얼굴 정도로만 기억하고 있었다.

그런데 2007년이었나, 그쯤의 가을에 그 유명한 고대유적 스톤헨지를 찾아갈 때였다. 그림처럼 아름다운 솔즈베리 대성당이 있는 마을에서 차를 타고 막 추수가 끝난 듯한 황금벌판을 지나고 있었다. 스팅의 노래 〈황금벌판Fields of Gold〉이 저절로 떠오르는 풍광인지라 노래를 흥얼거리며 나름 차분하게 차창 밖을 바라보았다. 그런데 갑자기 차창 밖으로부터 쏟아져 들어오던 오후 햇살 속에 날리는 수많은 먼지들이 눈에 들어왔다. 이내 아무런 규칙이나 철학도 없고 두서없는 먼지들의 미친 듯한 춤들이 그 옛날에 본 〈테스〉의 기억을 끄집어냈다. 10대에 미혼모가 된 그녀의 가혹한 일터였던 노동의 들판에도 이런 먼지가 유독 많이 날렸지? 테스에게 이 먼지는 황금색으로 빛나는 축복의 가루가 아니라 현기증을 부르는 누렇고 따가운 유리 파편 같은 것이었겠지. 이런 생각이 들자 스톤헨지 여행은 자연스럽게 고대 유물답사나 원시 종교체험이 아니라 소설 속 한 가련한 여인의 마지막 배경이 된 장소로 향하는 문학 여행으로 바뀌었다.

　스톤헨지에 도착하니 커다란 돌무더기가 우리나라의 첨성대나 석굴암처럼 관광명소라는 잘 다듬어진 상품이 되어 늙은 시간만큼 가치를 한껏 자랑하며 서 있었다. 나는 잠시 집단으로서의 인간이 손대는 모든 것이 그 신비함을 잃어버리고 입장료만 한 가치로 전락해버린 데에 씁쓸해했다. 하지만 무엇보다도 이 텅 빈 들판에 무슨 이유인지 몰라도 천년 넘게 버티고 있는 차가운 돌덩어리 위에서 위태롭게 잠들어 있는 테스 생각에 내내 우울했다. 이윽고 내 몸속의 내장까지 들춰내는 듯했던 탐욕스러운 태양이 서쪽으로 새 희생자를 찾으러 떠나자, 누런 맨살로 능멸당하던 대지를 어둠이 조용히 가리기 시작했다. 마침내 어둠 속에서 한 덩어리가 된 웨식스의 대지는 굴곡 많은 역사를 품은 장엄한 모습을 보여주었다. 나는 묘한 안도감을 느꼈다. 그리고 소설 속에서 테스가 자주 걸었던 숲이 이 지방 어디쯤일까를 그려보면서 런던으로 돌아왔다. 인기 좋은 관광 상품이었던 스톤헨지로의 평범한 여행은 그렇게 테스라는 특별함으로 꽉 채워진 것이다.

　토머스 하디는 『테스』의 작가다. 그가 쓴 다른 훌륭한 소설들과 시들도 있지만 그는 역시 『테스』로 대표되어진다. 작가 자신은 시인으로 불리기를 더 원했고 또 웨스트민스터 사원 '시인의 코너'에 그의 재가 안장되어 있지만 한국이라는 이방에서 온 나에게는 아무래도 '테스'인 것을 어쩔 수가 없다.

토머스 하디

남편을 살해한 죄로 사형당한 한 여인의 이야기에서 영감을 얻어 썼다고 하는 이 소설은 부제인 "A Pure Woman Faithfully Presented(진실하게 표현된 순수한 여인)" 때문에 처음에 출판이 거절되기도 했다. 결혼하지 않은 10대의 몸으로 아이를 낳고 이후엔 남편이 아닌 다른 남자의 정부가 되어 살다가 그 남자를 살해한 여자를 두고 깨끗하다고 했으니 반감을 부른 것은 당연했는지도 모른다. 사실 150여 년 전의 빅토리아 시대 사람이 아니더라도 의문이 가는 그런 제목이다. 그러나 항상 자신의 의지와 반대로 움직이는 우연과 인습의 폭력 속에서 살인자로 전락해버린 테스의 삶을 따라가다 보면 그녀가 애초에 얼마나 순수한 여인이었던가를 계속해서 떠올릴 수밖에 없다. 우리 삶의 첫 시작은 얼마나 순수했는가! 자신의 운명을 스스로 개척하고자 하지만 불행히도 우리 앞의 삶은 미지의 영역이다. 이러한 삶에 대한 무지는 주변을 계속해서 맴도는 지독한 우연성과 함께 피할 수 없는 운명의 돌부리가 되어 우리를 툭하면 걸려 넘어지게 한다. 테스의 비극도 여기에 있다. 바로 그 예측할 수 없는 우연으로 인한 치명적인 돌부리에 너무 많이 채였다는 것이다. 그래서 마치 그녀의 삶은 아무리 노력해봐야 결국 불행해질 수밖에 없는 것처럼 보인다. 모든 삶이 만약 그녀의 것처럼 피할 수 없는 운명으로 가득 차 있다면 희망이 무슨 소용이란 말인가! 그리고 그런 희망이 없는 삶은 너무 허무한 것 아닌가? 소설 속에서 테스가 출구 없는 막다른 곳으로 몰려 모든 기력을 상실한 뒤 어두컴컴한 숲속에 누워 중얼거리는 장면이 있다.

모든 것이 허영일 뿐이야! All is vanity!

기쁨에 대한 어떠한 욕구도 모두 원천적으로 거부당한 메마른 몸뚱아리가 토해낸 신음소리다. 나는 테스 이야기에서 이 부분이 가장 슬프다. 사형장으로 끌려가 죽음을 맞는 마지막 장면보다 그녀가 자포자기하며 모든 것이 허영일 뿐이라고 말하는 그 순간에 더 가슴이 먹먹해진다. 왜냐하면 그것은 마침내 테스가 모든 것을 내려놓고 굴복하는 순간이기 때문이다. 또한 운명이 기어코 힘없는 시골 여인을 무참히 꺾어버리고 그녀의 초라한 희망마저도 낚아채는 순간이기 때문이다. 그리하여 희망을 반납하고 더 이상 꿈꾸지 않는 이 여인은 이제 운명에 철저히 농락당한 존재일 뿐이다.

기나긴 경기침체 속의 1870년대에 영국의 가난한 시골에서 태어나 무능력한 부모 탓에 헐벗고 교육도 제대로 받지 못했던 테스의 운과 내 운은 비교조차 할 수 없다. 하지만 운명의 쓴맛을 느끼는 데 반드시 감당하기 어려운 시련이 필요한 것은 아니다. 모든 것이 뜻대로 되는 것은 아니라는 사실 하나만 알게 되어도 충분하다.

통제할 수 없는 우연의 법칙 앞에서 힘없는 존재인 우리에게는 정의가 없다.

운명. 선택의 결과이며 확률이고 공기 속에 있는 불길한 침묵.

이런 운명 때문에 아무리 노력해도 결국 행복해질 수 있을지 장담할 수 없는 것을 생각하면 우울해진다. 그러나 이렇게 징글징

글한 운명이라고 해도 운명은 삶이 아니다. 나는 『테스』를 통해 그녀의 사랑과 절망 때문에 가슴 아파했지만 운명을 동경하지는 않았다. 아무리 강력하다 해도 운명은 심장이 뛰는 육신이 없으니까.

결국 운명은 아무도 아닌 것이다. 그래서 이런 존재도 없는 운명과는 달리 꿈틀거리는 실체인 나는 허무의 악취를 잔뜩 풍기는 운명의 교훈을 배우지 않기로 한다. 운명에 의해 정해진 시간일지라도 끝날 때까지는 몸살 나게 살아가기로 한다. 왜냐면 세상에 존재하는 유일한 의미인 '삶'이 내 속에 있으니까 운명의 협박 따위는 무시하기로 한다. 모든 것이 허영일 뿐일지라도 말이다.

항상 그렇지만 너무 길었던 겨울이 지나고 봄이 온 어느 날, 나는 토머스 하디의 런던 집을 가보기로 했다. 5월의 춤을 추던 테스처럼 깨끗한 하얀색의 얇은 스웨터를 입고 집을 나섰는데 잠시 뒤에 계절을 배신하고 날씨가 지독하게 추워졌다. 런던에서는 늘 있는 일이라 놀라진 않았지만 나의 소박한 기분 같은 것은 쉽게 외면하는 위대한 날씨 때문에 주눅이 들어 잔뜩 웅크린 채로 집을 찾아갔다. 느닷없이 돌아온 추위 때문인지 거리는 한산했고 해묵은 낙엽이 사라지기 직전의 부패한 몸을 기어코 길바닥 구석에 붙들어매고 있었다.

그 집은 토머스 하디의 마지막 소설 『이름 없는 주드』의 수 브라이드헤드라는 여성 캐릭터를 떠올리게 했다. 집 바로 앞에 기차가 다니고 소음 차단벽 용도인지 건너편에 붉은색과 검은색으로 이루어진 기다란 벽돌담이 세워져 있었다. 무미건조한 얼굴로 드러누워서 시야를 막고 있는 도시의 담벼락과는 달리 하디의 집은 1층 벽과 창틀이 말끔하게 흰색으로 칠해져 있었다. 그리고 그것들이 짙은 푸른색 대문, 2층의 벽돌 벽 등과 대비를 이루어 단순하고도 밝은 느낌이었다. 나는 스스로 테스가 되어 그가 사용했다는 꼭대기층의 작은방을 올려다보았다. 낡고 어두운 옷차림으로 이제 막 숲 속에서 걸어나온 그녀는 무한한 자유의 하늘을 조그만 몸으로 힘겹게 담고 있는 그 창문을 올려다보면서 무슨 생각을 할까? 아마도 모든 것이 허영일 뿐이라고 중얼거릴 테지…….

  토머스 하디는 건축 공부를 위해 런던으로 온 후 11년 동안 이 집에서 살았다. 그는 여기서 빅토리아 시대의 부자와 가난한 자들이 동시에 거리를 누비는 런던의 계급사회를 바라보며 사회 불평등에 대한 심각성을 느꼈다고 한다. 또 한편으로는 노동계급 출신으로서 신분상승을 꿈꾸기도 했다. 하지만 이 집에서 사는 동안은 건축 일을 하면서 소소하게 글쓰기를 하고 있었다. 본격적으로 작가의 길을 걷게 된 것은 일 때문에 지방에 파견되었을 때 만난 에마와 결혼한 1874년 곧 서른네 살 때부터였다.

  그의 첫 아내 에마는 당시 건축물에 관한 리포트를 쓰던 토머스에게 창작의 용기를 북돋워준 중요한 인물이었다. 하지만 결혼 생활 내내 다른 여자들에게 정신을 팔았던 토머스로 인해 부부관계는 많이 소원했다고 한다. 그런데 정작 그녀가 죽자 결혼 말년에 다락방에서 혼자 지내다시피 한 그녀에 대한 죄책감으로 토머스는 평

생을 고통스러워했다. 모순되게도 아내에 대한 후회와 슬픔이 그로 하여금 시를 쓰게 하고 바로 그 시들로 인해 시인으로 우뚝 선 것이다. 하지만 첫 아내에 대한 깊은 추억에도 불구하고 겨우 2년 뒤에 39세 연하의 플로렌스라는 여자와 재혼을 한다. 이 두 번째 아내는 그녀대로 토머스가 첫 번째 아내에게 바치는 시들만 써내는 것 때문에 매우 불행해했다고 한다. 두 아내 모두를 외롭고 쓸쓸하게 만들었다는 얘기인데, 에마는 그녀가 쓴 편지에서 토머스는 그가 창조해낸 소설 속의 여자들은 그렇게도 잘 이해하면서 정작 자신에게 무엇이 필요한지는 한 번도 이해해준 적이 없다고 불평했다고 한다. 이상적인 남편은 아니었던 모양이다.

그러나 독자인 우리에겐 다행히도 그는 그가 창조한 캐릭터들만큼은 놀라운 구체성을 가지고 살아 움직이게 할 수 있었다. 특히 『테스』의 경우, 글 속에서 그녀에 대한 작가 스스로의 섬세한 배려와 깊은 애정이 강하게 느껴진다. 비록 운명의 재판정에서 유죄선고를 받고 세상의 손가락질을 받는 그녀였지만 토머스 하디에게만큼은 완전한 순수 그 자체로서 조건 없이 받아들일 수 있는 유일한 여인이었던 것 같다. 덕분에 아직도 남아 있는 지긋지긋한 인습과 불공평의 운명 때문에 고통 받는 모든 여인의 이름이 되어 우리 곁에 존재할 수 있게 되었다.

Sir James Barrie

제임스 배리 — 켄싱턴 가든의 피터 팬

런던 웨스트민스터 베이스워터 로드 100번지

○ 런던의 중심가에 위치한 켄싱턴 가든은 그 위치와 아름다움 때문에 인근 거주자들은 물론 근처 쇼핑객들과 관광객들에 이르기까지 많은 사람들이 방문해서 쉬었다 가는 곳이다. 중간의 호수를 중심으로 하이드 파크와 하나로 붙어 있다 보니 그 규모 때문에 공원 바깥쪽에 위치한 지하철역만도 다섯 개나 된다. 그중 랭커스터 게이트 역으로 들어오는 길이 흥미로운데 일단 공원으로 들어오면 이탈리언 가든이 보이고 이곳을 중심으로 왼쪽으로 가면 하이드 파크, 오른쪽으로 가면 켄싱턴 가든이다. 보통 처음 방문한 사람

들은 여기서 어디로 가야 할지 우왕좌왕하게 되는데 왼쪽의 하이드 파크가 탁 트인 넓은 공간의 공원이라면 오른쪽의 켄싱턴 가든은 어딜 가나 나무들로 우거져 있고 볼거리 또한 많다.

만약 빽빽하게 들어선 도시의 건물들과 사람들 사이를 비집고 다니느라 지친 사람이라면 사방이 탁 트인 하이드 파크의 잔디에 몸을 뉘어보는 것도 괜찮다. 하이드 파크의 이런 공간성 덕분에 이곳에서는 대중 집회나 록 콘서트 등이 다양하게 열린다.

반대로 키가 큰 공원 나무들 사이로 나 있는 산책로를 천천히 걸어보고 싶은 사람이라면 단연 켄싱턴 가든이 제격이다. 또한 이 길들에는 산책로 이상의 재미들이 기다리고 있다. 먼저 이탤리언 가든에서 호수 길을 따라 조금만 걷다보면 오른쪽 편에 피터 팬 동상이 서 있다.

> 피터 팬이 나무의 그루터기 위에서 피리를 불고 있고, 요정들과 다람쥐들과 몇몇 다른 동물들이 그루터기의 밑동에서 피터 팬의 연주를 듣기 위해 나무 위쪽으로 올라가려 하고 있다. 그중 피터 팬의 가장 가까이에 있는 요정이 '팅커벨'이다. 생쥐 한 마리는 화장실에서 볼일을 미처 끝내지 못해 서두르고 있고, 또 다람쥐 한 놈은 두 요정과 함께 정치적인 문제에 대해 상의 중이다.

라는 것이 이 동상을 조각한 사람의 설명이다.

동상을 주문했던 『피터 팬』의 작가 제임스 배리는 그의 조용한 성격답게 이것이 세워지는 날 밤까지 그 누구에게도 알리지 않았다고 한다. 장소를 이곳으로 정한 이유에 대해서 그는 이곳이 바로 피터 팬이 켄싱턴 가든에 도착했을 때 공중에서 내려왔던 장소라고 말했다. 이렇게 세워진 피터 팬 동상은 사람들로부터 많은 사랑을 받았지만 동시에 수난을 당하기도 했다. 어느 열렬한 팬들에 의해 자행되었는지는 모르지만 피터 팬의 손에 들려 있던 피리가 종종 도난당해 그때마다 새로 교체해야 했으니 말이다. 현재 이 동상은 원래의 주형틀에서 일곱 개가 복제되어 런던의 켄싱턴 가든을 비롯해 리버풀, 벨기에, 미국, 캐나다(2개), 그리고 오스트레일리아의 공원들과 대학에 각각 서 있다.

계속해서 호수 길을 따라 걸어가다 보면 이번에는 다이애나 왕세자비의 기념분수가 나온다. 이 기념분수에서 왼쪽 대각선 방면을 바라보면 호수 위에 떠 있는 조그만 섬이 하나 보인다. 딱 하나밖에 없기 때문에 절대로 놓치기 힘든 이 섬이 바로 『피터 팬』에 나오는 '새들의 섬'이다. 만약 이 섬을 가까이 가서 보고 싶다면 호수 길을 따라 한 바퀴 돌아보는 것도 괜찮다. 이 섬에 갈 수 있는 방법이 몇 가지 있는데 첫 번째는 날아가거나, 두 번째는 종이배를 타고 가거나, 세 번째는 지빠귀새의 둥지를 이용해서 가야 한다. 현재로서는 이 세 가지 모두 불가능해 보이니 일단 보는 것 자체로 만족해야 할 것 같다.

여기서 호수 길을 따라 한 바퀴 돌지 않고 켄싱턴 가든의 중심부 쪽으로 걸어가면 중간에 둥근 연못이 하나 나오고 그 뒤쪽에 켄싱턴 궁전이 있는 것을 볼 수 있다. 오래전부터 영국 왕실의 거주지로 사용되어온 이곳은 빅토리아 여왕과 다이애나 비가 살았던 곳이다. 다이애나 비가 죽었을 때 15만 명에 가까운 조문객들이 백만 개가 넘는 꽃다발을 가져다 놓은 곳도 바로 이곳이다.

이곳에서 궁전 앞으로 나 있는 브로드워크라는 길을 따라 오른쪽으로 조금만 걸어가다 보면 이번에는 다이애나 비 기념 놀이터가 나온다. 역시 그녀를 기리기 위해 만들어진 이 놀이터는 원래 '피터 팬 어린이들의 놀이터'가 있던 곳이다. 마치 이를 반영하듯 놀이터에는 『피터 팬』에 나오는 커다란 해적선이 약간 기울어진 채로 서 있다. 아이들은 바다처럼 만든 모래 위에 떠 있는 해적선을 보는 순간 마치 그들이 『피터 팬』에 나오는 캐릭터라도 된 양 흥분을 감추지 못하고 소리를 질러댄다. 여기저기서 아이들의 함성과 낄낄대는 웃음소리가 터져 나오면 어른인 나도 흥이 나 잠시 내 유년시절의 놀이터를 떠올려보기도 한다. 그때의 상상력들은 다 어디로 가버렸는지…….

> 아기가 처음으로 웃을 때 그 웃음은 천 개의 조각으로 부서지고, 그 조각들은 서로 뛰놀게 되는데, 그때가 바로 요정이 탄생하는 순간이야.

라고 했던 제임스 배리의 상상력은 놀랍기만 하다.

다시 브로드워크로 나와 오른쪽으로 조금만 걸어가면 공원 바깥으로 나갈 수 있는 입구가 보인다. 그쪽으로 나가서 도로를 건 넌 다음 오른쪽으로 200미터 정도 올라가다 보면 『피터 팬』의 작 가 제임스 배리가 1902년부터 살았던 '베이스워터 로드 100번지' 가 나온다.

이 집에서 제임스 배리가 『피터 팬』을 썼다고 한다. 그는 자신 의 개를 데리고 집에서 가까운 켄싱턴 가든으로 산책을 다녔다. 그 리고 피터 팬 이야기의 영감이 되어준 이웃집 데이비스 부인의 아 이들을 켄싱턴 가든에서 만났다. 그는 종종 그 아이들과 함께 놀았 고 그럴 때마다 그들에게 마술 같은 이야기들을 쏟아내었다고 한 다. 자라기를 거부하고 켄싱턴 가든에서 새들과 요정들과 함께 사 는 일곱 살 소년 피터 팬에 관한 이야기도 이때 그들에게 처음으로 해줬다. 그 후 이 이야기는 『작은 흰 새』라는 책으로 만들어졌고, 이 것이 다시 연극으로 그리고 『켄싱턴 가든의 피터 팬』과 『피터 팬과 웬디』라는 소설로 탄생되었다. 조니 뎁과 케이트 윈슬렛이 나오는 2004년 영화 〈네버랜드를 찾아서〉를 보면 제임스 배리와 데이비스 부인 그리고 아이들의 얘기가 잘 그려져 있다.

하지만 이 집은 1960년대에 아파트 단지가 들어서면서 뒤쪽 정 원은 없어져버렸고 지금은 집과 앞쪽 정원만 남아 있다. 그가 『피 터 팬』을 쓴 곳이 뒤쪽 정원에 있던 스튜디오라고 하는데 이제는 볼 수 없게 되었다. 처음 집에 도착하면 제임스 배리가 이곳에 살았다 는 블루 플라크가 한눈에 들어오진 않지만 집의 측면 쪽 담장 윗부 분에 파란색의 동그라미가 하나 붙어 있는 것을 볼 수 있다. 도로를

마주보고 있는 집 앞 정원은 역시 나무 담장으로 둘러쳐져 있긴 하지만 아담하고 오목조목하다. 이리저리 뒤꿈치를 올려가며 보고 있다 보면 마치 저 대문이나 창문을 열고 들어가서 영원히 자라지 않는 네버랜드로 향하는 입구를 찾을 수 있을 것 같기도 하다. 아니 어쩌면 집과 새들의 섬이 연결되는 지하통로가 있을 수도 있고, 그 통로 어디쯤엔 아직 피터 팬 일당들이 후크 선장과 싸우고 있을지도…….

나와 아내는 어쩌다 이쪽 동네로 올 일이 생기면 제임스 배리의 집을 시작으로 그가 자신의 개를 데리고 걸었을 법한 길을 따라 켄싱턴 가든을 꼭 한 번씩 산책해본다. 공원에서 사람들이 걷거나 누워 있거나 싸온 음식을 먹거나 하는 모습을 일상적으로 볼 수 있다. 일상의 빡빡함을 잊고 잠시 여유를 즐기는 것이다.

도시는 편리하고 인공적인 건물들로 가득 차 있지만 인간의 본능은 나무와 새가 있는 야생의 순수함을 동경하는 것일까? 아니면 모든 것이 설명되어야만 하는 세계로부터 벗어나 어디론가 가고 싶다는 욕망을 그저 공원을 돌아다니며 풀고 있는 것일까? 그러나 그들이 다시 도시의 일상으로 돌아갔을 때 이 마술같이 평화로운 느낌은 수증기처럼 사라져버릴 것이다. 그리고 의무와 강요된 노동의 세계로 또다시 자신들을 집어넣어야 할 것이다. 바로 피터 팬이 혐오했던 그 세계로 말이다.

　10남매 중 아홉째 아들로 태어난 제임스 배리가 여섯 살 되던 해에 형 데이비드는 스케이트를 타다가 사고로 죽게 된다. 가장 사랑하는 아들을 잃게 된 그의 어머니는 깊은 절망에 빠져 형 데이비드만을 계속 찾았고 그런 어머니를 위로하기 위해 제임스 배리는 형 옷을 입고 형이 불던 휘파람을 불곤 했다고 한다. 그러나 이런 그의 노력이 아들을 잃은 어머니의 크나큰 슬픔을 잊게 할 수는 없었다. 단지 그녀에게 유일한 위로는 '데이비드는 이제 영원히 소년으로 남았고, 절대 자란다거나 나를 떠나지 않을 것'이라고 생각하는 것뿐이었다. 형의 죽음과 어머니의 슬픔은 배리의 삶에 많은 영향을 주었다. 여성의 정체성에 대한 탐구는 그의 작품들에서 자주 드러나는 주된 테마 중 하나가 되었고, 형의 죽음은 그로 하여금 끊임없이 도피, 불멸 그리고 이 세상이 아닌 다른 세상의 것들에 대해 집착하게 만들었다고 한다.

　대학 졸업 후 지방지에 드라마나 연극 리뷰를 기고해오던 그는 런던으로 오면서 본격적인 작품 활동을 시작하였다. 그리고 1902년에 켄싱턴 가든이 바라다 보이는 이 집에서 살기 시작하면서부터 20년간 최대의 전성기를 맞이하며 상업적으로 성공한 작품들을 10여 개 이상 내놓았다. 그 시작이 바로 1904년에 연극으로 만들어져 런던과 뉴욕에서 공연된 '피터 팬'이었다.

　현실 세계는 우리에게 모두 어른이 되라고 강요한다. 그럼에도 어떤 사람들은 자신들의 잃어버린 순수한 세계를 은밀히 지속적으로 갈망할 것이다. 그리고 성공에 대한 압박감이 없는 네버랜드를 언젠가는 찾을 수 있기를 소망할 것이다. 이러한 사람들에게 제임스 배리는 말한다. 네버랜드는 이미 각자의 마음에 있고 당신은 그것을 잠시 잊은 것일 뿐이라고……

나는 어린이고, 나는 기쁨이야.
나는 계란의 껍질을 깨고 나온 작은 새야.

그는 시인이었어.
그리고 그들은 절대로, 확실히 어른이 아니야.
그들은 돈을 경멸하는 인간들이야.
그들에게 필요한 건 오늘 하루를 사는 데 필요한 것들이고
그들은 이미 그것을 가지고도 5파운드나 더 남았어.
그러니까,
그가 켄싱턴 가든을 걸을 때면,
그는 은행권 지폐로 배를 만든 다음
서펀타인*으로 떠워 보내는 거야."
(*Serpentine: 켄싱턴 가든에 있는 S자 형의 호수 이름. 뱀처럼 꾸불꾸불하다 해서 붙여진 이름)

제임스 베넌

켄싱턴 & 첼시

kensington & Chelsea

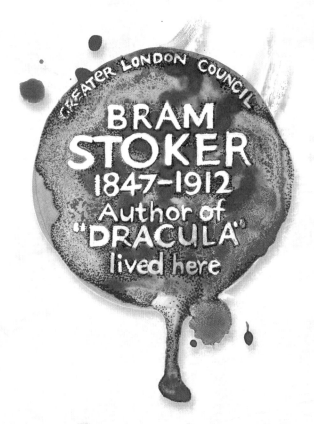

GREATER LONDON COUNCIL

BRAM
STOKER
1847–1912
Author of
"DRACULA"
lived here

Bram Stoker

브램 스토커 — "불멸의 드라큘라, 이만 안녕!"

런던 세인트 레너드 테라스 18번지

○ 남편과 나는 한국에서부터 항상 커피를 즐겨 마셨다. '티tea'
의 나라 영국에서 긴 시간을 살았어도 여전히 그렇다. 영국의 '티'
문화는 세계적으로 유명한데 영국 사람들은 '티'를 정말 좋아한다.
"A cup of tea?"라는 질문은 거의 그들의 습관처럼 느껴질 정도다. 근
래에는 젊은 사람들을 중심으로 커피를 선호하는 문화가 생기기는
했지만 국민적으로 오래된 취향을 바꾸기는 힘든 모양이다.

나는 티를 마시면 물로 배를 채우는 것 같아서 싫어한다. 영국
인들이 하는 것처럼 다른 것(우유, 설탕 때로는 레몬)을 잔뜩 첨가해

봤지만 여전히 뭔가 약하게 느껴진다. 그래서 그냥 커피다. 조금 세
다 싶은 커피를 오전에 마시면 카페인이 몸에 쫙 퍼지는 것이 느껴
지고 그래야 하루가 시작되는 것 같다. 그렇다고 커피에 전문적인
지식이 있는 것은 아니다. 그저 커피가 진하기만 하면 만족이기 때
문에 밍밍하다 싶을 때에는 커피를 조금 더 첨가하면 그만이다.

그런데 남편의 경우 커피에도 '맛'이 있다고 하면서 종종 까다
롭게 굴기 때문에 커피숍 선택권은 언제나 남편에게 있다. 그런 까
다로운(?) 남편이 가장 좋아하는 런던의 커피숍은 킹스로드에 있었
다. 나도 그 커피숍을 무척 좋아했는데 집에서 걸어 30분이면 닿는
곳이라 산책하기에 딱 좋았다. 게다가 흥미로운 장소도 많이 있는
동네여서 가면 갈수록 애착이 가는 그런 곳이었다.

이 거리는 처음에는 17세기 영국 왕 찰스 2세가 큐가든으로 가
기 위해 이용한 개인 길이었다고 한다. 그래서 킹스로드라 불렸고
1830년대까지는 영국 왕실만이 이용할 수 있었다. 1960년대에 와
서는 레코드 레이블과 트렌디한 숍들이 들어서면서 패션의 중심지
가 되었다. 레드 제플린이 소유했던 '스완 송 레코드'의 본부가 이
길 484번지에 있었고 섹스 피스톨스의 매니저가 운영했던 숍 'SEX'
또한 430번지에 있었다. 'SEX'는 여전히 같은 곳에서 '세상의 끝The
World's End'이라는 이름으로 운영되고 있다.

한번은 숍 'SEX'를 찾아 나선 적이 있다. 그런데 평소에 길눈이
밝은 남편이 어쩐된 영문인지 그날따라 번지수를 착각하는 바람

에 엉뚱하게도 전혀 상관없는 차tea 파는 가게에 들어가게 되었다. 종업원들과 '섹스 피스톨스' 얘기도 하고(주로 남편이) 사진도 찍고(이것은 내가) 한 뒤에 나왔다. 그리고 얼마 후 거기가 아니었다는 사실을 깨달은 것이다(망신!). 물론 결국 진짜 'SEX'를 찾기는 했지만……. 그렇게 해서 찾은 'SEX'는 내부 인테리어가 의도적으로 가게 바닥이 한쪽으로 기울어져 있는 등 마치 타임머신을 탄 듯 초창기 펑크록 느낌으로 가득 차 있었다. 그런데 물건들이 너무 비싸서—작은 액세서리마저도—우리가 살 수 있는 것은 없었다.

킹스로드에는 이렇게 재밌는 역사를 지닌 가게 외에도 유명 인물들이 살았던 집들이 주변에 많이 있다. 그들은 바로 비비안 리, 모차르트, 조지 엘리엇, 오스카 와일드, 브램 스토커, 제인 오스틴, 애거서 크리스티, 메리 셸리 들이다. 이런 이유로 우리는 별다른 계획이 없는 한 휴일이면 언제나 킹스로드로 마실을 다녔다. 시간이 지나면서 그것은 '커피숍에 앉아 수다를 떨다가 이야기가 있는 건물을 찾아본 뒤 집에 돌아오는' 우리의 고정 마실 코스가 되었다.

그날은 어느 봄날의 휴일이었다. 벚꽃이 봄볕과 함께 날리는 것을 보니 꽃가루 알레르기가 있지만 집안에 있기 싫었다. 그래서 남편과 함께 마실 코스를 넓혀서 하루 종일 걸어 다녔다. 나는 진해에서 자랐기 때문에 벚꽃이 피면 자연스레 향수에 젖어 어린아이처럼 행복해한다. 그런 기분으로 남편에게 맨발로 진해를 걸어 다녔던 옛날이야기를 해주면서 그린 파크와 피카딜리 서커스 등의 런던 시내를 돌아다녔다. 그러다 보니 사춘기 소녀처럼 감성이 풍부해지는 느낌이 들었다.

오후 늦게야 킹스로드에 도착한 우리는 커피숍에 들어가서 휴식을 취한 뒤 아쉬운 생각에 해질녘의 킹스로드 주변을 좀 더 걸어 다니기로 했다. 어두운 오렌지색 벽돌이 인상적인 오스카 와일드의 집이 나왔다. 단란한 분위기의 젊은 부부가 유모차에 아이를 태우고 그 집 앞을 지나가는 것이 보였다. 나는 문득 젊은 오스카 와일드가 사랑했던 한 여인과 결국 그 여인의 마음을 차지한 그의 친구 브램 스토커가 떠올랐다. 그래서 우리는 발길을 돌려 브램 스토커의 집으로 향했다.

세인트 레너드 테라스 18번지. 갈색 벽돌 건물들 사이에서 유난히 하얀 벽과 발코니 위에 양철 지붕이 얹힌 건물이었다. 그의 집은 연한 보라색 라일락꽃으로 아름답게 치장하고 창백한 얼굴을 빛내고 있었다. 집 앞에 서 있는 커다란 나무에서는 붉은 꽃잎들이 날리고 있었다. 해가 지고 있어서였을까? 기분이 이상해진 나는 태양의 빛을 반사하는 발코니 창문의 이면에 어두운 기운이 도사리고 있는 것 같았다. 이어서 루시와 미나가 그랬던 것처럼 알 수 없는 위험을 간직한 그것의 소용돌이에 한번 빠져보고 싶다고 생각했다. 만약 미나처럼 다시 구원받을 수만 있다면 말이다. 남편은 자신이 드라큘라 백작이 되는 상상을 했다고 말했다. 푸르도록 하얀 벽을 타고 양철 지붕 위로 올라가서 희생자를 부르는 사악한 존재가 되는 것! 나는 그것이 꽤 근사하게 음산하다고 대꾸해주었다. 이윽고

허기가 진 우리는 어둠이 내린 거리에서 드라큘라 얘기를 하며 집으로 돌아왔다. 다음날도 휴일이니까 저녁에는 집에서 붉은 와인을 마셔야겠다고 생각했다.

이후로 나는 가랑비가 부슬부슬 내리던 날, 미친 바람이 불던 날, 허연 입김을 만들어내는 매섭게 추웠던 날…… 그리고 제대로 풀리는 게 하나도 없던 날도, 조그만 희소식에 마냥 좋았던 날도, 남편과 다투거나 깔깔대면서 그 집 앞을 계속 찾아갔다. 계절이 바뀌면 바뀌는 대로 한결같이 아름답던 그 집은 우리에게 브램 스토커가 창조해낸 어두운 세계로 들어가는 문과 같은 것이 되었다. 우리는 각각의 날의 기분에 따라 사악하고 절대적인 존재가 되었다가 그것의 순결하고 아름다운 희생자가 되기도 했다. 그것은 우리가 당장 해결해야 할 현실적인 문제를 잠시 잊게 만들어준 매력적인 악몽이었다. 그것은 우리의 휴일 마실이었다.

입술이 찢어질 때까지 날카로운 하얀 이빨을 악물었고, 입은 진홍색 거품으로 얼룩졌다. 하지만 아서는 한 치의 흔들림도 없었다. 그는 마치 토르 신처럼 팔을 들어 막대기를 더욱 깊이 박아 넣었다. 심장엔 구멍이 뚫렸고 피가 용솟음치며 쏟아져 나왔다. 그의 얼굴은 확고했고 높은 의무감으로 빛났다. 그 모습은 우리에게 용기를 불어넣었고 우리의 기도 소리가 자그마한 납골당에 울려 퍼지는 듯했다. 이윽고 몸뚱이의 떨림과 버둥거림이 잦아들고 이를 악물고 얼굴은 떨리는 듯해 보이더니 마침내 모든 움

직임을 멈췄다. 비로소 이 공포스런 임무를 끝낸 것이었다.

- 『드라큘라』에서 -

킹스로드는 슬론 스퀘어 역에서 시작된다. 조금 가다가 왼쪽으로 들어가면 세계적인 현대미술 작품이 주로 전시되는 사치 갤러리가 있다. 또 오른쪽에는 꼭대기 층에 전망이 끝내주는 식당 겸 카페가 자리한 백화점이 있고 중간쯤에 우리의 단골 커피숍이 있다. 길이 끝나갈 때쯤에 펑크록 밴드 섹스 피스톨스가 탄생한 'SEX(현재는 '세상의 끝')'가 있다. 다시 돌아오다가 이번엔 오른쪽으로 돌면 오스카 와일드가 풍기문란죄로 체포되었던 집을 볼 수 있다. 여기서 크게 한 바퀴 돌면 여류작가 조지 엘리엇의 단아한 집이 나오지만 좁게 한 바퀴 돌면 『드라큘라』의 작가 브램 스토커의 집이 나온다. 나는 우리 부부와 함께 긴 시간 동안 수많은 이야기를 품었던 '마실 코스' 킹스로드를 결코 잊지 못할 것이다. 런던에서의 12년이란 생활을 끝내고 한국으로 돌아오는 마지막 날도 오전에 이곳에 들러 커피를 마시고 한 바퀴 돌아본 뒤 오후 비행기를 탔었다. 그리고 한국행 비행기 안에서 런던 시내가 점점 멀어지는 것을 바라보며 작별인사를 했다. "불멸의 드라큘라, 이만 안녕!"

내가 지켜보는 동안, 그 눈은 지는 해를 바라보며 증오심 가득한 표정을 승리의 표정으로 바꾸었다. 바로 그 순간, 조녀선의 칼이 빛을 번쩍이며 지나갔다. 칼이 그것의 목을 싹둑 자르자 나는 비

명을 질렀다. 동시에 모리슨 씨의 사냥칼이 심장에 깊이 내리꽂
혔다. 그것은 마치 기적과도 같았다. 바로 우리 눈앞에서 단지 숨
한번 들이키는 동안 온 몸뚱이가 먼지로 부서져 내리며 사라져
버렸다.

-『드라큘라』에서-

Plaque no. 10285

Christie Cottage, Cresswell Place, SW10, London

Dame Agatha Christie

애거서 크리스티 – 오리엔트 특급 살인사건

런던 사우스 켄싱턴 크레스웰 플레이스 22번지

○ 런던 빅토리아 역에는 아직도 오리엔트 특급열차가 다닌다. 자주 운행되지는 않지만 운이 좋으면 증기를 뿜으며 출발하는 열차를 볼 수 있다. 역 안에는 조그만 전용 라운지까지 마련되어 있는데 테마 여행 일정이 있는 날에는 영국식 전통 옷에 모자를 쓴 사람들이 그곳에서 음료를 마시면서 열차가 출발하기를 기다리는 것이 보인다. 또한 황금색 문양으로 고급스럽게 장식된 증기 기관차를 배경으로 빳빳하게 다려진 하얀 유니폼을 입은 스텝들이 정중한 매너로 손님들을 맞이하는 것도 보인다. 계속 보노라면 금방이라도

어디선가 드라마틱한 음악이 들리면서 누군가가 "살인이야!" 하고 히스테릭하게 외치는 소리가 들려올 것 같다. 그때 사람들은 우왕 좌왕하면서 겁에 질린 표정으로 푸아로를 찾겠지.

그러나 어디까지나 상상일 뿐이다. 열차가 커다란 경적 소리 와 함께 하얀 증기를 잔뜩 뿜어내면서 운행을 시작하면 아쉬운 탄 성과 함께 현실로 돌아와야 한다. 한 장에 400만 원이나 하는 열차 티켓을 구입할 형편이 안 되기 때문이다. 세 시간에서 네 시간 정도 여행을 하고 다시 빅토리아 역으로 돌아오는 간단한 코스의 티켓이 있기는 하지만 그것도 최소 50~60만 원을 지불해야 한다. 그렇다고 열차 구경을 하며 상상의 나래를 펴는 즐거움이 줄어드는 것은 아 니다. 그냥 구경하는 것만으로도 애거서 크리스티의 이야기가 만들 어낸 환상을 충분히 즐길 수 있기 때문이다.

『오리엔트 특급 살인사건』은 『나일 강의 살인사건』, 『그리고 아무도 없었다』, 『쥐덫』과 함께 내가 가장 좋아하는 애거서표 추리 이야기 중 하나다. 폐쇄된 공간에서 일어난 끔찍한 사건이 불러일 으키는 공포감도 좋아하지만 그보다는 공주처럼 화려한 옷을 입고 럭셔리한 최고급 열차를 탄 채 승무원들로부터 멋진 서비스를 받으 며 여행을 즐기고 싶다는 나의 허영심을 자극하기 때문에 더욱 좋 아한다. 상상만 해도 낭만적이다. 현실의 나는 가장 싼 티켓으로 여 행을 하기 위해 가능한 모든 불편함을 마다하지 않는 지극히 실용 적인 모습이지만 말이다. 그러던 어느 날 특급열차를 타볼 수는 없 지만 그 모든 상상을 창조한 애거서 크리스티의 집에는 가볼 수 있겠구나 하는 생각을 하게 됐다.

애거서 크리스티의 집은 첼시 지역의 크레스웰 플레이스에 있다. 첼시 지역은 원래 영국에서도 부촌으로 유명하다. 당시에 우리는 카운실 플랫council flat에서 방 하나를 세 들어 살고 있었다. 카운실 플랫이라는 집의 형태는 가난한 사람들을 위해 지방정부에서 지은 아파트 형식의 빌딩으로 영국 사람들은 이런 집을 그다지 좋아하지 않는다. 이처럼 보잘것없는 우리 집에서 출발하여 첼시라는 고급 주택가로 걸어가는 길에 보였던 확연한 부의 차이는 마치 티켓 값 때문에 엄두도 낼 수 없었던 특급열차를 볼 때의 그것처럼 차라리 현실처럼 느껴지지 않았다.

첼시의 거리는 쓰레기 하나 없이 깨끗하고 조용했으며 집들은 대부분 오래되었지만 윤기 흐르는 아름다움을 간직한 채 마치 서로의 공간을 존중하기라도 하듯 적당한 위치에 기품 있게 자리 잡고 있었다. 그것들은 세심한 손길로 잘 꾸며진 앞 정원과 함께 새로 칠한 듯한 페인트로 반짝거렸다. 간혹 울타리를 손질하는 정원사들마저 그 움직임이 나른하고 느린 것이 여유로워 보였다.

애거서 크리스티의 집이 자리한 골목 입구에는 커다란 나무가 오래된 등을 부드럽게 구부리고 서서 몸집만큼 길게 그림자를 만들어내며 서 있었다. 온갖 꽃들로 조금 지나치다 싶을 만큼 풍성하게 덮여 있어서 마치 마녀가 살 것 같은 첫 번째 집을 지나 골목 중간쯤에 아담한 영국식 오두막같이 생긴 그녀의 집이 보였다. 짙은 주황색의 위쪽 벽과 하얀색의 아래쪽 벽이 깨끗하게 대비되는 집이었다. 앞쪽에는 올리브 나무를 비롯한 아기자기한 화분들이 늘어서 있고 조그만 등이 달려 있는 어두운 청색 현관 위쪽에 근사하게 색이 바랜 블루 플라크가 그녀의 집임을 말해주었다. 나는 차 소리 등으로 비교적 소란스러운 우리 동네와 다른 조용함 때문인지 마치 금단의 성역에 몰래 들어온 사람처럼 알 수 없는 죄책감을 느끼며 조심스럽게 움직였다.

애거서 크리스티는 상류 중산층의 부유한 집안에서 태어나 행복한 어린 시절을 보냈다. 그리고 소설가로서 크게 성공했다. 그러나 사랑 문제에 있어서만큼은 운이 좋은 편이 아니었다. 첫 번째 남편이 젊은 여자와 사랑에 빠져 이혼을 요구한 뒤로 그녀의 삶은 절망과 허무함으로 무너져 내렸고 고고학자였던 두 번째 남편과도 오랜 시간 행복하긴 했지만 종국에는 그 또한 젊은 여자와 사랑에 빠진다.

많은 여성들이 언젠가는 자신에게 진정한 상처를 주는 단 한 사람은 바로 남편이라는 것을 깨닫게 될 것이다. 그 누구도 남편만큼 가까울 수 없고 그 누구한테도 남편에게 기대거나 애정을 느끼는 만큼 친근할 수 없다. 그리고 이런 것들이 결혼이라는 것을 구성하는 것들이다. 하지만 나는 두 번 다시 내 삶을 누구에 의해 좌지우지되게 하지 않을 것이다.

크레스웰 플레이스 22번지에 있는 그녀의 집은 1920년대에 첫 번째 남편과 이혼 후 절망에 빠졌던 그녀가 새로운 삶을 시작하기 위해 소설 인세로 구입한 것이다. 부동산 투자에도 남다른 재능을 가지고 있었는지 원래 마구간이었던 곳을 집으로 개조한 뒤에 주로 3층 꼭대기 방에서 글을 썼다고 한다. 그때 집필한 소설 중 하나가 바로 『오리엔트 특급 살인사건』이다

여기서 흥미로운 사실 하나. 그녀는 사실 글쓰기를 그리 즐기지 않았다고 한다. 남편과 이혼한 후에 돈을 벌어야 한다는 일념으로 글을 쓰기 시작했고 이때부터 본격적인 작가의 길을 걷게 되었다고 전기에서 회고하고 있으니 말이다. 한 예로 애거서 크리스티는 그녀의 작품 『푸른 열차의 미스터리』를 정말 싫어했다고 한다. 그리고 이 작품에 대해 단 한 번도 스스로 자랑스러워해 본 적이 없고 단지 출판했다는 것 자체만으로 만족했다. 그녀만큼이나 전 세계적으로 성공한 작가가 생계를 위한 필요 때문에 글쓰기를 했다는 것은 마치 그녀의 글처럼 미스터리한 일이다.

사람들은 그녀에게 범죄의 여왕이니 추리소설의 여왕이니 하는 칭호를 붙이면서 그녀의 천재적이었던 재능과 대단한 성공을 우러러본다. 그러면서 최고의 자리에 오른 그녀에게 남다른 비범한 동기나 위대한 목적이 있었을 것이라고 짐작한다. 그러나 정작 그녀는 본인에게 던져진 삶의 문제들을 해결하려고 남들처럼 노력했고, 그 결과 성공이 자연스럽게 따라왔다. 어찌 보면 진정한 '반전'이라 할 수 있다. 이런 생각을 하며 집의 이층 건물 벽에 촘촘히 붙어

있는 삼각형 모양의 널빤지를 한참 바라보고 있자니 그것들이 마치 삶이 애거서 크리스티에게 지속적으로 던져주었던 수많은 퍼즐 같은 문제들을 그녀가 자기 방식대로 풀어서 다시 맞추어놓은 것처럼 보였다. 누구나 살아가면서 저기 붙어 있는 주황색 널빤지의 숫자만큼이나 많은 문제들을 풀어야 한다. 그리고 종종 그 문제들이 너무 막막해서 도무지 어떻게 풀어야 할지 작은 단서조차 찾을 수가 없을 때도 있다. 그래서 이런 우리들을 위해 애거서 크리스티가 이런 말을 남긴 건지도 모른다.

모든 문제에는 가장 간단한 해결책이 들어 있다.

영국 사람들은 살인사건 이야기를 좋아한다. 연쇄살인범 잭더 리퍼는 영국에서 전설적인 존재가 되었고, 연쇄살인 사건이 일어난 실제 지역인 화이트 채플은 관광명소가 되었다. 또 베이커 스트리트에 있는 마담투소의 '공포의 방'에는 희대의 살인마들을 밀랍인형으로 만들어놓기까지 했는데, 유독 인기가 높아 주변 거리는 항상 끔찍할 정도로 혼잡하다. 요즘처럼 미디어 매체가 잘 발달되어 있지 않던 옛날에는 유랑극단이나 구전 또는 신문을 통해 살인사건을 즐겼으며, 공개 사형 집행이 있는 날에는 사형장 주변이 구경꾼들로 발 디딜 틈이 없었다고 한다. 심지어 교수대로 쓰였던 나무의 조각들이나 교수형 밧줄, 살인자가 입었던 옷가지들이 비싸게 거래되기까지 했다고 하니 영국에서 살인사건 이야기는 우리

나라의 귀신이야기가 그렇듯 전통이 되었다고 해도 과언이 아닐 것이다.

　　잔인한 살인사건이라고 하더라도 재미만 있다면 열광하는 사람들이 많아서인지 살인사건을 다룬 수많은 추리·탐정소설들이 쏟아졌다. 그들은 한가한 주말이면 벽난로 불을 따뜻하게 지핀 뒤에 자신이 가장 좋아하는 푹신한 소파에 앉아 진한 '차' 한잔과 함께 볼만한 살인사건 이야기를 읽었던 것이다. 이쯤에서 찌는 여름 한낮이 지나고 밤이 오면 수박 한 통 잘라놓고 온 가족이 모여 앉아 〈전설의 고향〉을 보던 우리네가 생각나는 것은 나뿐인가? 아무튼 이렇게 국민들의 사랑을 받으며 간악한 살인자들과 그들을 잡는 천재 탐정들이 탄생한 것이다. 그중에서도 '명탐정 셜록 홈스' 캐릭터와 '추리소설작가 애거서 크리스티'는 영국을 넘어서 전 세계적인 성공을 거둔, 명실상부한 최고의 자리에 올랐다.

　　그런데 애거서 크리스티가 살아생전 집필하는 동안 두 차례의 세계대전을 모두 경험했다는 점이 나의 관심을 끈다. 왜냐면 '전쟁'은 한 명의 살인마가 몇 명의 죄 없는 사람들을 갈기갈기 찢어죽이고 법망을 피해 사라지는 그런 사건이 아니기 때문이다. '전쟁'은 합법적으로 공인된 대량 살인이다. 이 무지막지한 살인마는 영국 전체를 공포에 떨게 했으며 비극을 피해갈 수 있는 사람은 거의 없었다. 대부분의 사람들이 소중한 사람을 잃는 아픔을 겪고 죽음이라면 진저리를 치는 상황이었던 것이다. 그런데 이상하게도 영국은 애거서 크리스티의 살인 이야기에 마음을 열었다. 가족이 살해당한 고통을 마음에 품고 또 다른 살인 이야기를 읽은 것이다.

아마도 그들은 그녀의 소설을 읽으면서 자신의 불행이 혼자만의 것이 아님을 확인하고 사건의 진실이 항상 밝혀지듯 모든 세상 이치가—전쟁과 죽음까지도—이해가 되는 순간이 올 것이라는 희망을 얻었던 것이 아닐까? 아니면, 혹시, 살인사건을 퍼즐 대하듯 풀어냈던 애거서 크리스티의 태도 때문에 긴장한 마음을 풀고 그것이 가져다주는 해학을 즐긴 것이었을 수도 있다. 죽음이라는 슬픔마저 가볍게 해주었던 살인사건 이야기! 애거서 크리스티가 더욱 미스터리한 존재로 느껴지는 이유다.

비극은 해학 또한 담고 있다.

애거서 크리스티는 또한 이해하기 힘든 인간 내면의 비밀스러움을 이용하여 수많은 감정의 조각들을 섞어놓는 데에 탁월한 재능이 있었다. 그녀는 서로 부딪치는 감정을 모아 폭발하게 하고 정신이 없는 틈을 타서 코너에 트릭을 숨겨놓는다. 트릭과 트릭 사이에 널브러져 있던 조각난 감정들을 그녀가 하나로 맞추면 비로소 살인자의 정체가 보이기 시작한다. 독자들은 등장인물들과 함께 예상치 못했던 결과에 놀라 탄성을 지른다. 그리하여 '누가 죽였지Whodunnit?"라는 물음은 이제 살인이라기보다는 게임이 되는 것이다.

지금의 우리들이야 트릭과 반전 등에 익숙하다. 그러나 애거서 크리스티가 처음으로 이런 장치를 썼던 당시에는 그 의외성으로 인해 반칙이라는 등 논란을 불러일으키기도 했다. 그런데도 그녀의 소설은 세계적으로 100여 개 이상의 언어로 번역되어 20억 부 이상 팔려나갔고 지금까지 전 세계에서 가장 많이 팔린 책이라고 한다. 누가 뭐라 해도 최고의 추리소설인 것이다.

이렇게 전 세계인들이 사랑하는 그녀의 작품들 중에서 나는 푸아로가 나오는 시리즈를 가장 좋아한다. 영국에서는 텔레비전 드라마 시리즈인 애거서 크리스티의 '푸아로'를 즐겨보면 나이든 사람 취급을 하는 경향이 있다. 아무래도 시대적으로 오래된 것이고 요즘 흔히 볼 수 있는 범죄 드라마의 폭력성이나 빠르기에 길들여져 있어서 그런 모양이다. 그래도 셜록 홈스의 경우에는 새로운 감각으로 매력적인 젊은 배우를 등장시켜 최근에 만든 것이 대히트를 치며 성공했는데, 내가 영국에 있는 동안 몇 년을 제외하고 해마다 나왔던 '푸아로' 시리즈는 느린 템포 그대로 우아한 노인이었다.

'푸아로' 시리즈는 25년에 걸쳐 13시즌이나 만들어졌다. 푸아로로 나오는 배우와 함께 고정 멤버들이 25년간 나이 들어가는 것을 지켜보는 재미도 있었고, 조연이나 단역으로 출연했지만 이제는 대배우가 되어 있는 배우들을 보는 것도 나는 무척 좋아했다. 〈전설의 고향〉과는 다르게 여름보다는 겨울에 방영되는 것을 선호했는데 〈오리엔트 특급 살인사건〉이 크리스마스 날 방송되던 해에는 그날을 납량특집 기다리는 것 마냥 손꼽아 기다렸던 기억이 난다.

그러다 보니 푸아로 역을 했던 배우는 마치 내가 10년 넘게 알고 지낸 우리 동네 명탐정 아저씨처럼 친근하게 느껴지기까지 했다. 그런데 어느 날 남편이 그 배우의 사인을 들고 집에 들어온 적이 있다. 우연히 카페에서 만났는데 내가 생각나서 자신도 모르게 다가가 "푸아로 씨 맞지요?" 하고 물었더니 "예! 제가 바로 푸아로 맞습니다!"라고 했다는 것이다. 얼마나 많은 사람들이 그에게 배역과 배우를 헷갈리는 인사를 했기에…… 하는 생각이 들면서 웃음이 나왔다. 그 이후로 나는 더 열렬한 팬이 되었다. 2013년 〈커튼: 푸아로의 마지막 사건〉이라는 이름으로 최종편을 방송하고 끝이 났지만 푸아로는 내게 영국인들을 이해하고 그들의 문화를 존중하게 만들어준 명작이었다. 그리고 그들은 여유와 해학으로 고난을 이겨내는 유연한 힘을 간직한 사람들이었다.

　　요즘 나오는 범죄 드라마나 소설들은 대체로 매우 어둡다. 그들과 비교했을 때 상대적으로 느리고 친절한 화법을 구사하는 애거서 크리스티의 작품들은 범죄를 다루고 있지만 어쩔 땐 평화롭게 느껴지기까지 한다. 그녀는 시간을 두고 천천히 등장인물을 알아가게 하고 그들의 삶을 생각하게 만든다. 그러고 나서 바로 그 일상 속에 살인이라는 충격적인 비극이 사실 얼마나 자연스럽게 자리 잡을 수 있는가를 깨닫게 한다. 그것은 우리의 삶이 요란한 드라마라기보다는 아무 일도 일어나지 않을 것 같은 매일의 똑같은 겉모습 속에 숨겨져 있는 조용한 사건에 더 가깝다는 사실 때문인지 더 오래 기억에 남는다.

　나는 그녀의 집 앞에서 주변을 둘러보며 부유한 동네가 가진 깨끗한 질서를 부러워했다. 그리고 동시에 완벽해 보이는 겉모습을 유지하고 있다 하더라도 혼돈은 항상 예측할 수 없는 순간에 누구에게나 올 수 있다는 생각을 했다. 전쟁이라거나 남편의 외도와 이혼 같은 비극 속에서 극심한 혼돈에 빠졌던 부유한 집안의 딸 애거서 크리스티처럼 말이다.

　그러나 또한 우리는 살인마저도 흥미로운 이야기로 즐길 수 있는 여유와 해학을 가진 존재이기도 하다. 그렇기 때문에 우리는 애거서 크리스티가 창조해낸 수많은 살인 이야기 속에서 비극이 만들어내는 혼돈을 극복하고 퍼즐 맞추듯 모든 단서를 이해한 다음 다시 평화로운 일상으로 돌아올 수 있다.

　첼시의 예쁜 주황색 오두막을 떠나 우리 동네로 접어들자 다시 점점 시끄러워지고 지저분해지는 거리가 보였다. 그리고 그날은 왠지 〈오리엔트 특급 살인〉을 보고 싶다고 생각했다.

Blus Plaque

Garden Lodge, 1 Logan Place, Kensington, London

Freddie Mercury

프레디 머큐리 – 가든 로지로 가는 길

런던 켄싱턴 로건 플레이스 1번지

○ 런던은 전 세계 유명 뮤지션들의 공연과 뮤지컬을 일 년 365일 볼 수 있는 도시다. 장르를 막론하고 이름만 대면 알 만한 스타들의 공연이 매일같이 열린다. 이처럼 뮤지션들의 공연을 즐길 수 있다는 점에서 런던은 나에게 대단히 매력적인 도시다. 뮤지션뿐만이 아니다. 영화 프리미어가 정기적으로 열리는 레스트 스퀘어에 가면 날짜만 잘 맞아떨어질 경우 할리우드 유명배우도 볼 수 있다.

게다가 혹 어린 시절의 영웅이라도 만나게 될라치면 얼마나 감격스러울 것인가. 물론 그런 영웅들이 나에게도 있다. 그 영웅들을 런던에 살면서 운 좋게도 만날 수 있었다. 그것은 생애 최고의 순간들이었고 우연의 겹침 속에서 만들어낸 기적의 시간이었다. 그래서 나는 이후 런던을 마법의 도시 '오즈Oz'라고 불렀는데 런던이라는 도시가 이 모든 만남들을 가능하게 한 공간이었기 때문이다. 그리고 이 신나는 모험의 시작은 내가 마산에 있던 한 지역 밴드에 베이스 기타리스트로 들어가면서부터였다.

유년 시절의 기억 중 가장 선명하게 떠오르는 것은 여섯 살 때의 일이다. 당시 누가 시키지도 않았는데 동네 저잣거리에서 미친 듯이 노래를 불러댔다. 길 가던 사람들이 하나둘 모여들기 시작했고 어떤 이는 동전을, 또 어떤 이는 과자를 던져주었다. 잠시 후 작은고모가 동네 창피하게 이게 무슨 짓이냐며 엉덩이를 마구 때리며 나를 끌고 갔지만 사람들은 그때부터 나를 꼬마 가수라고 불렀다.

하지만 나의 이 자발적 끼가 '나는 음악을 해야 할 운명'으로 태어났음을 강하게 암시하는 것은 아니었던 듯하다. 왜냐하면 음악에 대한 포기와 다시 돌아옴을 수도 없이 되풀이하고 있었기 때문이다. 그래서 내 운명은 단지 '음악 주변을 계속 맴도는 것'일 뿐이었던 것 같다.

내가 초등학교에 막 들어갈 무렵, 부모님은 자식들의 교육을 위해 낙원 같았던 울릉도에서 마산(지금은 창원)으로 이사를 결정했다. 내 초중고 생활은 여전히 음악 주변을 맴돌며 피아노와 통기타를 치며 보내는 나날들이었고, 결국 나는 우연히 아는 선배가 보컬로 있던 록 밴드에 베이스 기타리스트로 들어갈 수 있었다. 어떤 날은 그 선배의 집에서 라면을 끓여 먹으며 또 어떤 날은 기타 치는 후배 집에 모여 밤새 술을 마시면서 록의 전설로 불리는 밴드들의 음악을 들었다. 그렇게 점점 더 록 음악의 매력에 빠져 들어갔다. 그 중 딥 퍼플의 공연과 프레디 머큐리 추모공연은 우리들의 단골 메뉴였다. 우리는 결국 딥 퍼플의 음악을 카피하는 밴드로서 공연도 했다. 내가 베이스 기타를 잡고 처음으로 무대에 올라 연주했던 곡도 딥 퍼플의 〈하이웨이 스타〉였다. 공연 마지막에는 가당찮게도 베이스 기타를 벗어 발로 현을 쓸어내리는 퍼포먼스까지 하기도 했다. 그들은 우리의 영웅이었다.

　　나는 그들의 음반 재킷을 보는 것만으로도 또 라이브 공연을 비디오로 보는 것만으로도 흥분했다. 그들은 나와 같은 인간이 아니었다. 만약 그들 중 한 명이 행여나 내 곁을 지나간다면 마치 병든 여인이 예수의 옷자락을 만지듯 무슨 수를 써서라도 그가 풍겨내는 기를 기필코 받아내야 할 것 같았다.

　　딥 퍼플은 우리의 소통 수단이었고, 무대를 압도하는 프레디 머큐리의 카리스마는 우리가 숭배해야 할 대상이었다. 프레디가 〈라디오 가가Radio Ga Ga〉와 〈위 윌 록 유We Will Rock You〉에서 관중들과 함께 호흡하며 그들을 휘어잡는 파워는 도저히 근접할 수 없는 신의 영역이었다. 나는 그를 대마법사라고 불렀다. 록의 대마법사. 특히 〈보헤미안 랩소디〉의 뒷부분 클라이맥스에 등장하는 100년에 한번 나올까 말까 한 록 리프는 전 세계 록 팬들의 헤드뱅잉 포인트

가 된 지 이미 오래다. 만약 이 부분에서 헤드뱅잉을 하지 않는 이가 있다면 그는 가짜 록 팬이다. 왜냐하면 그것은 록은 절대로 죽지 않으리라는 맹세이자 성스러운 의식이었기 때문이다. 이 시절 나는 (또는 우리는) 세상을 다 가진 듯했다. 내 삶은 음악과 술과 악기들로 충만했고, 나는 프레디처럼 무대에서 관중들을 압도하는 상상을 머릿속에 가득 집어넣고 돌아다녔다.

스물네 살이 되던 해 후배의 소개로 서울에 있는 록 밴드에서 활동을 시작했다. 나름 재미있었지만 마산에서만큼의 재미는 없었다. 전자가 음악에 대한 순수한 열정 그 자체를 즐기는 것이었다면 후자는 뭔가 목적의식적이고 성공해야 한다는 스트레스에 시달렸던 것 같다. 적어도 내가 느낀 감정은 그랬다. 결국 밴드는 경제적인 이유로 해체되었다. 결과적으로 나는 이제 한 번도 제대로 경험해보지 못한 산업전선에 뛰어들어야만 했다. 문제는 산업전선에서 나를 절대적으로 필요로 하지 않는다는 것이었다. 20대를 음악으로 채워버렸으니 사회가 요구하는 학벌이나 자격증 또는 경험 같은 게 있을 리 만무했다. 간간히 베이스 세션이나 기타 강습, 작곡, 그리고 악보제작 회사를 전전하긴 했지만 엄청난 허무함이 내 삶을 잠식해버린 듯했다.

뭔가 탈출구가 필요했다. 그리고 런던행 비행기에 몸을 실었다. 나는 런던에 온 뒤 몇 년간을 음악과는 전혀 상관없는 시간을 보냈다. 베이스 기타는 아예 잡아보지도 않았다. 드디어 나는 음악 주변을 맴돌 운명도 아닌 상태가 된 것이다. 그 수많은 포기의 순간들에 마침내 종지부가 찍히는 듯했다. 모순되게도 내가 프레디 머큐리의 〈보헤미안 랩소디〉를 이해하기 시작한 순간이 그즈음부터였다. 어느 날 일을 마치고 돌아와 아내와 함께 들었던 그 노래는 이렇게 시작하고 있었다.

이게 진짜 삶인가?
아니면 그냥 환상일 뿐인가?
산사태에 묻혀 현실에서 벗어날 탈출구가 없구나……

"아! 이런 가사였구나."

노래를 다 들은 나는 그렇게 말했다. (물론 아내와 나는 결코 헤드뱅잉 부분을 놓치지 않았다.) 그때부터 나는 내가 좋아했던 곡들의 가사를 듣기 시작했고 MP3도 사고 헤드폰도 하나 구입했다. 그리고 얼마 후 내게 처음으로 대학에 진학할 수 있는 기회가 왔다. 전공 학과를 어디로 지망해야 할지 고민이 되었다. 영어가 전망이 밝으니 영문과로 갈까 한 나에게 아내가 그렇게까지 얼굴이 새파래지며 화를 낸 적은 없었을 것이다. 그해 봄 나는 음악 대학의 실기와 이론 시험을 봤고 같은 해 가을(영국은 가을 학기에 시작한다)에 런던 칼리지 오브 뮤직 베이스 기타 퍼포먼스과에 다니기 시작했다.

그리고 내 생애 최고의 순간들이 왔다. 딥 퍼플의 키보디스트 존 로드를 만난 것이다. 그냥 우연히 스친 것이 아니라 함께 애기를 나누고, 악수를 하며 껴안기도 하고, 함께 사진을 찍고, 사인도 받았다. 그 만남에는 예스의 키보디스트인 릭 웨이크먼도 함께 있었다. 그날 내 가슴은 집으로 돌아가는 내내 쿵쾅거렸다. 이후 나는 많은 뮤지션들을 보았고 또 만났다. 그렇게 3년이 흘렀다. 그리고 졸업공연이었다. 나는 그동안 만든 일곱 곡의 노래를 준비했고 보컬과 베이스는 내가, 기타 1, 2 그리고 드럼은 직접 섭외한 영국인들로 구성하였다. 공연장은 엘튼 존, 롤링 스톤스, 섹스 피스톨스 등의 음악적 역사가 물씬 밴 덴마크 스트리트에 있는 마구간을 개조해서 만든 12Bar Club으로 잡았다. 작은 공연장이다 보니 관객 숫자가 그리 많지 않았는데도 공연장은 꽉 차 보였다. 나는 밴드 멤버들과 함께 무대에 올라 열정적으로 연주하고 또 불렀다. 비록 프레디 머큐리처럼 카리스마 있고 화려한 무대는 아니었지만 그것으로 충분했다.

졸업 후 나는 다시 일상으로 돌아왔다. 트래펄가 스퀘어 근처의 한 카페에 일을 구해 새로운 일상을 준비 중이었다. 지난 3년간의 시간이 마치 텍사스의 회오리바람이 도로시와 토토를 순식간에 오즈로 날려버린 것처럼 꿈결 같았다. 일과 중에 한숨 돌리면서 커피 한 잔을 마실 때마다 내가 겪은 현실이 그저 환상처럼 느껴졌다. 나는 어느새 〈보헤미안 랩소디〉의 인트로 부분을 낮게 따라 부르고 있었다. 그리고 프레디가 살았던 집이 아직 런던에 그대로 보존되어 있다는 사실을 우연히 알게 된 것은 그로부터 얼마 지나지 않아서였다.

그가 살았던 가든 로지에는 아직 블루 플라크가 붙어 있지 않

다. 하지만 그의 집주소를 알아내는 것이 그리 어려운 일은 아니었
다. 아내와 나는 날짜와 시간, 루트까지 꼼꼼히 정한 뒤 길을 나섰
다. 나는 프레디가 살았던 집을 방문한다는 생각으로 그날 아침부
터 들떠 있었다. 대체로 흐리기만 하던 날씨도 그날따라 우리 편이
었다. 우리는 켄싱턴 하이 스트리트로 가서 근처의 T. S. 엘리엇이
살았던 집을 먼저 들른 후 가든 로지 쪽으로 따라 내려가기로 했다.
나는 그 동네의 럭셔리함에 거의 정신을 잃었다. 런던의 동네를 거
닐다 보면 런던이 정말 부자 도시라는 것을 알 수 있다. 특히 이 동
네의 집들은 마치 에메랄드 성같이 아름다웠다. 그중 하얀색 집들
이 테라스로 연결된 구역은 마치 그리스의 신들이나 천사들이 살
것만 같았다. 나는 그 집들의 입구에서 입을 벌린 채 한참을 서 있기
도 했다.

　　그리고 우리는 드디어 가든 로지가 있는 로건 플레이스로 접
어들었다. 로건 플레이스는 켄싱턴 주거 지역의 길 이름 중 하나지
만 지금은 프레디의 집이 있는 곳으로 더 유명하다. 일직선으로 쭉
뻗어 있는 이 길이 나에겐 왠지 〈오즈〉에 나오는 노란색 길처럼 느
껴졌다. 그리고 그것을 증명이라도 하듯 그의 집은 높은 담으로 둘
러쳐져 있었다. 벽에는 전 세계에서 날아온 수많은 편지들이 붙어
있었고 분필이나 붓 등으로 즉석에서 쓰여진 메시지들도 있었다.

"Rock Will Never Die."

"The Best of the Best."

"The God of Rock."

"Show Must Go On."

"We Will Rock You."

"You Are the Champion."

"Freddie, We Love You Forever."

담벼락 오른쪽에 있는 조그만 녹색 문 위엔 'GARDEN LODGE' 라는 글이 하얀색으로 적혀 있었다. 프레디는 주로 이 문을 통해 드나들었다고 한다. 그가 드나들었던 문 앞에 서 있다는 사실 하나만으로도 온몸에 땀이 나는 듯했다. 나는 잠시 담에 등을 기대고 앉았다. 프레디는 이 집을 정말 좋아했다고 한다. 무명시절 할리우드 영화에 나오는 화려한 집들을 보고 언젠간 자신도 저런 집을 가질 거라고 공언했다. 집을 산 후로는 그가 이루어낸 꿈의 상징이 바로 이 집이라고 말하곤 했다. 조지 왕조풍의 맨션 스타일인데 방이 28개나 있고 정원과 연못도 있다. 프레디는 자신이 좋아하는 스타일로 이 집을 꾸몄다고 한다.

그러나 안타깝게도 그는 이 집에서 죽었다. 프레디는 자신이 아프다는 것을 안 순간부터 죽을 때까지 죽음이나 그의 병에 대한 어떤 말도 입에 담지 않았고 오로지 음악 얘기밖에 하지 않았다. 엄청난 고통 속에서도 불평 한마디 하지 않고 보드카 몇 잔을 주욱 들이키고는 녹음실로 들어가 노래를 불렀다고 한다. 그는 병을 자신이 극복해야 하는 인생의 새로운 목표로 대하지 않았다. 그에게는

음악이 곧 삶이므로 그것이 아닌 어떤 것으로도 목표가 대체될 수
없었던 것이다. 그래서 오히려 병을 무시해야 할 사소한 것쯤으로
취급했다. 병든 프레디는 가든 로지에서 더 이상 한 발자국도 나올
수 없을 때까지 작업했고 그것은 아마도 그의 삶 자체에 대한 도전
이었을 것이다.

> 당신들은 내게 명성과 돈과 모든 것을 주었지. 그리고 난 그것에
> 감사해. 하지만 그것은 침대 위에 뿌려진 장미도 아니었고 환상
> 적인 크루즈 여행도 아니었어. 그것은 모든 인류에 대한 나의 도
> 전이었어. 그리고 난 지지 않을 거야.
> 그러므로 친구여 우리는 챔피언이야. 끝까지 싸울 것이니까.
>
> -〈위 아 더 챔피언〉에서-

나는 마음속으로 그의 노래를 흥얼거려보았다. 그는 싸웠다.
그리고 록의 대마법사가 되었다. 프레디처럼 치열한 삶을 살지 못
한 나는 그의 에메랄드 성 앞에서 여전히 삶의 목표에 대해 주춤거
리고 서 있었다.

너의 100퍼센트를 주어라!

프레디는 한 인터뷰에서 이렇게 말했다고 한다. 어쩌면 이것이
프레디를 만든 것인지도 모르겠다. 지미 헨드릭스도 자신의 100퍼

센트를 주었고, 이 책에 등장하는 스물세 명 모두 그러한 삶을 살았던 사람들이다. 100퍼센트의 삶을 살기엔 두려움과 걱정이 너무 많은 나는 그래서 주변만 맴도는 삶을 살아왔던 건 아닐까? 하지만 이런 나에게 록의 대마법사는 또 이렇게 말해주었다.

> 넌 너의 시간을 가졌고 또 그럴 힘도 있었지. 하지만 너의 최고의
> 시간은 아직 오지 않았어.
>
> *-〈라디오 가가〉-*

그렇게 얼마의 시간이 좀 더 흐른 후 아내와 함께 서서히 집으로 향했다. 그리고 걸으며 생각해보았다. 내 인생 최고의 순간들을……. 딥 퍼플의 존 로드를 만났고, 콘서트도 가졌다. 록의 전설들이 공연했던 웸블리 아레나의 대운동장을 보았고, 록의 대마법사 프레디의 에메랄드 성 가든 로지도 찾아갔다.

울릉도에서 태어나, 마산에서 로커의 꿈을 키우고, 서울에서 그 꿈에 도전해보고, 런던에서 전설들을 만나고 역사적 장소에도 가보았다. 12년간의 런던 여행이 이 정도면 성공적인 오디세이라는 생각이 들었다. 그리고 나는 여전히 록의 대마법사가 내게 마지막으로 해준 말을 믿는다.

너의 최고의 시간은 아직 오지 않았어!

153 Cromwell Road, Kensington and Chelsea, SW5, London

Sir Alfred Hitchcock

알프레드 히치콕 – 영화처럼 으스스한 집

런던 켄싱턴 & 첼시 크롬웰 로드 153번지

○ 영국은 도로명 주소체계가 잘되어 있는 나라에 속한다. 그래서 우리 같은 이방인도 낯설겠지만 겁먹지 않고 길을 찾다보면 비교적 금세 도로명 체계에 익숙해질 수 있다. 주요 명소들이 집중되어 있는 런던 시내 중심가의 경우에도 마찬가지다. 겉보기엔 복잡해 보일 수도 있지만 도로명을 따라가다 보면 의외로 길이 단순하고 명확하다. 그런데 이처럼 도로명 체계가 잘되어 있는 영국의 도로에서도 물론 찾기 힘든 주소가 있다. 히치콕의 런던 집 크롬웰 로드 153번지가 그 예인데 한참을 헤맨 기억이 난다.

번지수가 153으로 홀수인데 크롬웰 로드가 다 끝나갈 때까지 짝수 번지수만 보이는 것이었다. 이런 경우 대개 길 건너편을 확인하면 되는데 거기에서도 찾을 수가 없었다. 당시엔 런던에서 산 지도 꽤 오래되고 해서 길을 헤맬 걱정은 하지 않을 때였는데도 말이다. 시간이 지나도 감쪽같이 보이지 않는 히치콕의 집 때문에 이상한 느낌마저 들었다. 그래서 "무시무시한 영화를 만드는 감독의 집이라서 그런가?"라고 중얼거리며 한참 걸어 다녔다. 그러다 겨우 집을 찾았는데 우습게도 몇 번을 지나쳐간 도로에 숨어 있기는커녕 버젓이 서 있는 게 아닌가! 불길한 냄새를 잔뜩 풍기면서 말이다. 게다가 집 앞은 좁은 인도를 사이에 두고 차도가 바싹 붙어 있어서 4층이나 되는 건물을 좀 떨어진 거리에서 제대로 볼 수도 없었다. 그것은 마치 집이 공포스러운 장면을 코앞에 들이밀고 무표정하게 상대의 반응을 관찰하기라도 하는 것처럼 성큼 다가와서 내려다보고 있는 것 같았다.

이렇게 찾은 히치콕의 집은 내 기대와는 딴판이었다. 왼쪽 벽에는 히치콕의 이름이 쓰여진 블루 플라크가 마치 오래된 묘지의 비석같이 담쟁이 넝쿨 속에 파묻혀 있었고 회색 벽돌로 되어 있는 벽은 온통 빗물과 곰팡이 자국으로 축축하게 덮여 있었으며 낡은 창틀은 금방이라도 소리를 내며 내 발등 위로 무너져 내릴 것 같았다. 그런데 이상하게도 육중한 철제 현관문만큼은 저 혼자 방금 칠한 듯 새빨간 페인트로 반짝거리고 있었다.

히치콕은 세상에서 가장 유명한 영화감독 중 한 명이다. 그래서 나는 근사한 박물관을 예상하고 있었는데 이렇게 낡고 으스스한 집이라니! 의아스러웠다. 그러면서도 곰곰이 생각해보니 오히려 히치콕답다는 생각도 들었다. 그의 장기인 불안과 공포를 조성하기에 딱 좋은 세트 같은 집이 아닌가!

　이 집에서 히치콕은 미국으로 건너가기 전까지 13년(1926-39년) 동안 살았다. 그는 이 집에서 일하는 것을 좋아했다고 한다. 꼭대기 두 층 중에서 위층은 침실로, 아래층은 거실 겸 작업실로 사용했는데 가구와 천 등을 구입해 직접 인테리어까지 하기도 했다. 그의 창조적 동반자이자 협력자이며 냉정한 비평가이기도 했던 아내 알마 레빌을 만나 결혼한 후에 신혼집으로도 사용되었고 여기서 그들의 딸이 태어났다. 이 집에 사는 동안 히치콕은 〈나는 비밀을 알고 있다〉(1934), 〈39계단〉(1935) 등의 작품을 연출하며 명성을 얻었다. 그의 작품들이 연이어 성공하면서 돈을 벌자 주변 사람들은 그에게 런던에서 가장 비싼 지역인 메이페어로 옮기라고 권유했다. 그러나 그는 "나는 내 계급에서 이사 나갈 욕구를 한 번도 느껴본 적이 없다"라고 말했다고 한다. 사실 이 지역은 켄싱턴보다는 덜 세련된 얼스코트 쪽에 속해 있기 때문이었는데 물론 지금은 가장 비싼 지역 중 하나가 되었지만 말이다.

　히치콕은 1980년 80세로 죽기 전까지 60여 편에 달하는 엄청난 양의 영화를 감독했다. 나는 그의 작품 전부를 보지는 못했다. 또한 그의 작품에 대한 전문적인 견해를 가지고 있는 것도 아니다. 그러

나 내게 공포영화의 즐거움을 가져다준 그에 대해 한 사람의 관객으로서 향수 같은 것을 가지고 있다. 어린 시절 그의 대표작 〈사이코〉를 처음 봤을 때 〈전설의 고향〉과는 다른 새로운 형태의 공포를 느꼈던 것이 기억난다. 〈전설의 고향〉에 등장하는 귀신들의 복수극이야 그 나름의 한 많은 삶에 대한 공감과 소박한 교훈이 있지 않은가. 그런데 〈사이코〉라는 영화는 교훈이나 철학이 아니라 욕망, 불안감, 뒤통수를 치는 반전, 그리고 인간의 정신상태가 만들어내는 현실적인 공포감 같은 것으로 나를 흥분시키면서 묘한 재미를 선사했다. 이후로 에드워드 호퍼의 그림에 나오는 듯한 베이츠의 집은 내 머릿속에서 공포영화의 첫 장을 장식하는 장면이 되었다.

　　나는 공포영화를 좋아한다. 동양식의 초현실적 혼령 이야기든 사이코패스의 피 튀기는 살인사건이든 탄탄한 긴장감으로 흥미를 끌어낼 수 있다면야 뭐든지 가리지 않는다. 모순되게도 무서운 이야기에 푹 빠져 있을 땐 다른 근심 걱정을 잊기 때문이다. 특히 히치콕식의 불안감은 롤러코스터를 탄 듯한 스릴을 선사한다. 그의 대표작이자 슬래셔 무비slasher movie 장르의 시작이라 불리기도 하고 내가 가장 좋아하는 히치콕의 영화 〈사이코〉는 1960년에 개봉한 영화다. 상영되자마자 센세이셔널을 일으키며 전 세계적으로 최고의 흥행 히트작이 되었는데, 지금까지 흑백 유성영화 중 가장 돈을 많이 번 영화이기도 하다. 이 히치콕표 공포를 체험하기 위해 당시 사람들은 영화관 앞에서 긴 시간 줄을 서서 기다렸다고 한다. 또한 이 영화에 대해 처음에는 혹평을 일삼던 영화 평론가들조차 열광적인 대중들의 반응 때문에 결국 찬사의 평으로 의견을 바꿀 수밖에 없었다. 그 후 여러 시리즈로 반복해서 만들어지기도 하면서 문화적 아이콘이 된 이 영화에 얽힌 이야기들은 헤아릴 수 없이 많다.

당시 제작 규정위원회와의 공방이라거나(지금이야 어처구니없는 이야기지만 당시 결혼하지 않은 커플이 같은 침대에 있는 장면을 가지고 공방이 벌어진 모양이다), 어느 나라에서는 영화를 수입하면서 피 묻은 손을 씻는 장면을 삭제하고, 또 다른 나라에서는 샤워신이나 살인 장면(핵심적인 장면인데)을 삭제했다거나 하는 것부터 배우들의 사생활(여주인공에게 누군가 계속 협박 편지를 보내는 등)까지 참 많다. 사소해 보이지만 이런 이야기들은 영화 〈사이코〉와 함께 '서스펜스의 거장' 히치콕을 기억하는 하나의 방법이기도 하다.

특히 런던은 반세기가 넘는 히치콕의 영화인생 중 그가 20년 가까이를 보낸 도시이다 보니 기념할 만한 장소 또한 많이 있다. 영화 촬영지였던 트래펄가 광장, 코벤트 가든, 로열 앨버트 홀, 런던 동물원, 피카딜리 서커스 등등. 그중에서도 내가 그를 가장 많이 떠올릴 수 있었던 곳은 역시 그의 집 앞이었다. 그의 표현대로 '회색 런던' 하늘 아래 서 있던 그 회색 건물을 찾으러 가는 길은 마치 그가 만든 영화 속 트릭에 매번 속아 공포에 떨었던 것처럼 헤맴의 연속이었다. 하지만 만약 너무 쉽게 그 집을 찾았다면 무슨 재미가 있었으랴! 이유 없이 헤매다 찾는 바람에 약간 무서웠던 그 집은 으스스해서 즐거웠다. 마치 그의 영화처럼 말이다.

램버스

Lambeth

Plaque no. 524

87 Hackford Road, Lambeth, SW9, Londo

Vincent van Gogh

빈센트 반 고흐 — "미안해"

런던 램버스 핵퍼드 로드 87번지

○ 런던에 도착한 후 처음 몇 달 동안 나와 남편은 런던의 명소를 찾아 열심히 돌아다녔다. 모두들 으레 들르곤 하는 대영박물관을 시작으로 세계에서 가장 유명한 왕족이 살고 있는 버킹엄 궁전, 수많은 왕과 여왕의 대관식 · 결혼식 · 장례식이 거행된 장소일 뿐만 아니라 그들과 함께 위대한 영국인들이 묻힌 무덤이기도 한 웨스트민스터 아비, 해가 질 때 강 건너편에서 보면 마치 보석함처럼 화려하게 빛나는 국회의사당과 빅벤, 1666년 런던 대화재 이후 재건축되어 제2차 세계대전 당시 독일의 무차별 폭격에도 살아남은

세인트 폴 대성당 등등 런던은 그들만의 역사를 간직한 채 부유하고 여유로워 보였다.

대학시절 전공이 미술인지라 미술관 또한 빠짐없이 다녔는데 고흐의 그림 〈해바라기〉가 있는 내셔널 갤러리도 그중 하나다. 이 갤러리는 우리나라의 이순신 장군 격인 넬슨 제독이 트래펄가 해전에서 승리한 것을 기념하기 위해 만든 트래펄가 광장의 정면에 위치하고 있는데, 시내 중심지에 있다 보니 항상 수많은 사람들로 넘쳐난다. 내가 방문했을 때에는 시대별로 나뉜 방들이 각각의 스타 '그림'으로 방문객들을 끌고 있었다. 그중에서도 후기인상파 방에 걸려 있던 '고흐'는 단연 최고의 스타 목록이었다. 사람들은 이 록스타 같은 페인팅을 조금이라도 더 가까이서 알현하기 위해 눈치껏 밀고 당기고 있었다.

나 역시 두근거리는 마음으로 뒤꿈치를 들고 이리저리 틈을 찾다가 마침내 그 그림 〈해바라기〉 앞에 섰다. 그리고 그 순간이 섬광 같은 깨달음이기를 기대했다. 그러나 현실은 실망스러웠다. 왜냐하면 〈해바라기〉는 수많은 카피를 통해 우리가 익히 알고 있는 그 모습 그대로 거기에 걸려 있었기 때문이다. 그러면서 나는 '이 작은 그림 하나가 내 삶보다 몇 백 배 비싼 가격이었지?'라는 생각을 했다. 미술공부를 위해 수많은 밤을 새웠지만 내 가슴은 화가가 되기에는 너무 메말라 있다는 사실만을 확인하는 순간이었다. 그래서 그 후에도 여러 번 내셔널 갤러리를 찾아갔지만 고흐의 방은 들르지 않고 그냥 지나쳐버렸다.

트래펄가 광장에는 내셔널 갤러리 외에도 내셔널 포트레이트 갤러리가 있다. 한마디로 국립 초상화 미술관인데, 옛날에 죽은 사람들부터 현대의 유명인사들까지 다양한 초상화들이 걸려 있다. 나는 그곳에 자주 들러 이름과 그 사람의 생김새를 맞춰보는 것을 재미있어 했다. 또한 화가의 자화상도 즐겨 보았는지라 2005년도 가을에 50여 명의 유명화가들의 자화상전을 한다기에 보러 갔다. 르네상스 시대부터 현대에 이르는 화가들의 그림이었다. 거기서 나는 '고흐'를 다시 만났다. 렘브란트를 비롯한 대단한 화가들 사이에 투박하고 겸손한 모습의 고흐가 있었다. 나는 그의 부릅뜬 눈에 잡혀 옴짝달싹 못한 채 한참을 그 앞에 서 있었다. 두려움에 떠는 건지 화를 내는 건지 알 수 없는 그 눈빛은 점차 시간이 지날수록 고통을 초월한 자의 깨달음을 담고 있는 것으로 보였다. 그림 속의 푸른색은 어두웠고 따라서 우울했지만 동시에 빛이었고 자유며 행복이었다. 이렇게 서로 배반하는 요소들 간의 전쟁은 고흐의 진실된 고뇌가 토해낸 고통의 진액으로 하나가 되어 그의 얼굴 위에서 회오리치고 있었다.

내가 화가가 되겠다고 결심한 것은 중학교 때 학교 복도에 걸려 있던 낡은 수채화 때문이었다. 그 그림을 그린 이는 알 수 없었지만 작가의 순수한 열정이 느껴져 참 좋았다. 역사에 길이 남을 대단한 그림을 그리자는 것이 아니었다. 그저 누군가의 일상에서 우연히 발견된, 그리고 잠시 그 사람의 마음에 어떤 이야기를 들려줄 수 있는 그런 그림을 그리고 싶었다. 그러나 그 뒤에 찾아온 삶의 시간들은 내 소박한 꿈을 철없는 어린아이의 것으로 취급했고 나는 혼란스러웠다.

그래도 내가 가장 잘하는 것이 그림 그리는 일이라 그 기술을 계속 팔아먹고 있었는데 죽은 자의 얼굴을 그리는 것이 그중 하나였다. 죽음을 알지 못한 어린 나는 곧잘 그것들을 그려내었다. 하지만 나이가 들며 내 시간 또한 젊음을 잃고 죽음의 한기를 느끼기 시작하면서 그 일마저도 그만두었다. 그리고 나는 세상 속에서 그림을 잃어버렸다. 그래서 고흐의 〈해바라기〉가 싫었다. 순수하고 밝게 빛나는 노란색이 어린아이처럼 유치해서 싫었다. 관람객들이 보내는 지나친 열광 또한 가식 같았다. 싫었다. 그런데 고흐의 자화상 속에서 깊이를 알 수 없는 고통을 발견한 후 내 마음에 미친 회오리 붓질 같은 혼돈이 찾아왔다.

현재 〈해바라기〉는 세계에서 가장 비싼 그림들 중 하나로 내셔널 갤러리에 걸려 돈의 아우라를 뿜어내고 있지만, 사실 고흐에게 그 그림은 스스로 귀를 자르며 끝내었던 비극적인 인간관계 그 자체였다. 그런데도 그는 분노와 고통으로 일그러진 자화상 속의 저 두 눈으로 굴욕적인 현실을 넘어서는 빛의 코드를 읽어낸 것이다. 세상 속에서 그림을 찾아낸 것이다. 그림을 잃고 세상이 추해서라고 토라져 있던 나는 이 미치광이 화가의 천재적인 시선에 경외심을 느낄 수밖에 없었다.

그 후 나는 고흐가 코벤트 가든에 있는 미술상에서 일할 때 머물던 그의 집을 방문했다. 그의 집은 브릭스톤 지역에 자리해 있었다. 그 지역은 템스 강의 남쪽으로 '하드코어 야디스'라고 불리는 갱들의 근거지로 알려져 있으며 총기범죄도 이따금 일어나는 위험 지역이다. 게다가 1990년대까지 폭동이 여러 번 일어나기도 했다.

지하철에서 내려 그의 집까지 가는 동안에 이어지는 거리는 가난했다. 건물들은 돌보지 않아 낡아 있었고 여기저기 지저분하게 널브러진 시커먼 쓰레기통들이 마구잡이로 자란 풀들과 엉켜 무질서하고 기분 나쁜 인상을 만들어내고 있었다. 화려한 꽃과 나무로 풍성한 시내의 공원과 달리 공원마저도 황량하고 초라했다. 또한 가난한 동네가 보통 그렇듯 길에서 마주친 사람들은—우리를 포함해서—대부분 흑인을 비롯한 유색인종이었다. 이곳에서 한때 경찰들이 흑인이면 무조건 검문을 해서 사회적 문제가 된 적도 있다고 한다. 여기까지 생각하자 씁쓸한 느낌이 들면서 살짝 우울해지기까지 했다.

게다가 왠지 무섭기도 해서 평소에는 잘 잡지 않는 남편의 옷소매를 꽉 붙들고 걸었다. 그런데 갑자기 해바라기 꽃이 보이기 시작했다. 아! 해바라기! 틈만 나면 차가운 벌레 같은 가랑비가 내리는 런던의 회색 하늘 아래 해바라기가 피어 있었다. 우리는 기분 좋게 깜짝 놀랐다. 이윽고 지금까지와는 다르게 비교적 거리가 말끔하게 정리되어 있는 것을 발견했다. 부티 나고 화려한 집들은 아니었지만 나름대로 자신들의 삶의 터전을 정성껏 가꾼 흔적들이 보였다.

새로 만든 듯한 자전거 보관대, 낮은 울타리와 잘 정리된 나무들 그리고 깨끗한 보도블록 등이 조용히 이제 그만 안심하라고, 이곳에도 사람이 살고 있다고 말하고 있는 듯했다.

그래서 우리는 준비해왔던 지도를 주머니에 집어넣고 해바라기를 따라 그냥 걸었다. 얼마 가지 않아 학교가 보이고 이제 막 수업이 끝났는지 학부모들이 자신의 아이들을 데리고 집으로 가는 것도 보였다. 우리는 아이들이 재잘거리는 소리를 들으며 바로 맞은편에 있는 고흐의 집을 감상했다. 낡아빠진 갈색 문을 열고 나온 스무 살의 고흐가 내가 서 있는 이 자리에 서서 그 집을 연필로 그리는 모습을 상상했다.

집은 그림 속에서나 140년이 지난 지금이나 마치 아무 일도 없었다는 듯이 한결같은 모양으로 묵묵하게 서 있었다. 그러나 유난히 낡은 하얀 벽은 바로 붙어 있는 옆집의 깨끗한 벽과 비교되면서 사랑받지 못했던 고흐의 삶을 생각나게 했다. 게다가 현관문 옆으로 지나치게 자라서 헝클어진 머리카락처럼 뒤덮인 식물들의 모습이 마치 이해받지 못했던 그의 열정이 그랬던 것처럼 방치되어 있는 것으로 보이기까지 했다.

고흐는 이 하숙집에서 살면서 처음으로 사랑을 느꼈다. 그러나 그가 사랑했던 유제니에게는 이미 다른 사랑이 있었다. 나는 열아홉 살의 하숙집 주인 딸에게 그가 느꼈을 광적인 첫사랑과 거절당한 고통을 상상하면서 그의 집 흰색 벽 위에 꿈틀거리는 푸른색

과 노란색을 그려보았다. 그리고 그 그림이 참 좋아졌다. 이제 수업
이 끝난 아이들이 모두 집으로 돌아가 동네가 다시 조용해질 때까
지 한참을 고흐의 집 앞에서 서성이던 우리는 이 동네에 심어놓은
해바라기가 만든 작은 쉼터에 앉아 휴식을 취한 뒤에 코벤트 가든
쪽으로 걸어갔다.

"고흐는 걷는 것을 좋아했다지?"

"매일 이 길을 걸으며 무엇을 보았을까?"

"당시에는 집들이 많지 않았겠지?"

"대부분의 날들을 하숙집 주인 딸 유제니를 생각하며 걸었을
거야."

이런저런 얘기를 나누며 집으로 돌아오는 그 길에는 여전히
지지리도 복도 없는 가난의 조각들이 쓰레기와 함께 뒹굴고 있었지
만 나는 더 이상 남편의 소매를 붙들고 뒤에 숨어서 걷고 있지 않았
다. 두려움은 여전히 있었다. 그러나 내 마음속에 그림 또한 있었기
때문이다.

고흐에게는 그가 태어나기 1년 전에 죽은 빈센트 반 고흐라는
똑같은 이름의 형제가 있었다. 불길하게도 그는 태어날 때부터 자
신의 이름을 새긴 무덤을 하나 가지고 있었던 셈이다. 자기 자신의
무덤! 고흐가 죽은 고흐를 묻어두었던 그곳을 바라보며 생각했던
자신의 모습은 누구였을까? 아마도 화가가 되기 위해 장사 지내야
했던 또 다른 자신들이 아니었을까? 아들, 형제, 친구, 연인, 삼촌,
아버지……. 그러나 아무리 가슴이 슬픔으로 까맣게 타들어가도 고

흐에게는 그림만이 유일한 삶이었다. 그는 다른 방법으로 생존하는 길을 알지 못했던 것이다.

그래서 나는 생각했다. 그가 미안했을 것이라고……. 자신이 무덤 속에 속절없이 파묻어야 했던 수많은 이름의 고흐들에게 "미안해!"라고 매일 매일 말했을 것이라고…….

집으로 돌아온 뒤 나는 자화상을 그리기 시작했다. 그리고 자화상 속에서 나는 "미안해"라고 말하고 있었다.

> 미안해! 모두 괜찮은데 모두 힘든데
> 미안해! 나는 실망만 안겨줬구나.
> 미안해! 이게 내가 줄 수 있는 전부여서
> 미안해! 그림을 잃어버려서
>   다신 잃지 않을 거야
> 그래서 "미안해!"

나오며

긴 여행을 마치고 돌아오는 비행기 창밖으로 시골 부모님처럼 구부러진 조국의 땅이 보이기 시작하자 너무나 반가웠다. 땅은 모진 사계절을 열 번도 넘게 견디었건만 쓴 얼굴 한번 보이지 않고 우리를 단번에 품어주었다. 그러나 사회는 낯설었다. 여행의 먼지를 털어내고, 씻고, 광속으로 변화하는 한국 사회 속에 완전히 짐을 풀어놓는 일은 쉽지 않았다. 그래도 익숙해지고 일상을 찾고 난 뒤에는 순간순간 런던이 떠올랐다.

이 땅을 벗어나 살아간 10여 년 이상의 삶을 순간 속에서 모조리 떠올릴 수 있다는 게 참 이상하게 느껴졌다. 시간은 그 두께만큼 무거운 힘으로 압축되어 사진처럼 가볍고 얇은 한 장의 기록이 되었다. 신기하게도 가장 행복했던 순간이든, 참기 힘들었던 고통의 순간이든 그 추억의 사진 속에서는 똑같이 편편해져서 모두 그리운 기억들이 되어 있었다. 문득 떠나기 전에 가졌던 수많은 걱정들과 망설임들이 멋쩍어졌다. 대책 없이 이기적으로 시작한 여행이었는데……. 끝내고 보니 소중한 추억이 만들어진 것이다.

사람들은 다양한 방식으로 여행을 한다. 어떤 사람들은 똑 부러지는 여행을 하고 어떤 사람들은 비싼 여행을 한다. 하지만 가격과 종류를 불문하고 여행은 하는 것이 하지 않는 것보다 좋다. 익숙한 곳에서 안전하게만 지내기보다 섬이든 도시든 낯선 곳으로 가서 외로운 존재가 되어보는 것은 쓸모 있는 시도다.

모르는 곳에 가면 모르는 법칙이 있기 때문에 자신의 습관을 버리고 새롭게 배워야 한다. 또한 코너를 돌 때마다 미지의 것과 대면하게 마련이라 그저 거리를 걸어 다니는 것만으로도 모험일 수 있다. 때로는 길을 잃을 수도 있다. 하지만 여행은 길을 잃는 것조차 낭만적으로 만드는 마력을 가지고 있다. 이제 막 도착한 지방의 지도를 보물지도처럼 챙기면서 이리저리 두리번거리는 여행자로서의 자신은 낯설게 느껴지기도 할 것이다. 하지만 곧이어 조금 겁먹었던 자신을 스스로 격려하며 여행에서 진정한 주인공이 된 자신의 모습에 결국 기분 좋아지는 순간이 오기도 한다. 무엇보다도 길 위에서 만난 낯선 사람들과 그들의 이야기에 감동하게 될 수도 있다. 그리고 이 모든 이야기가 완성되고 다시 집으로 돌아오면 역시 떠난 것은 잘한 일이었다고 생각하게 될 것이다. 물론 일상은 다시 시작될 것이고 쉽게 무거워진다. 그러나 어쩌면 성과 없는 매일 매일의 벽에 기분 좋은 업적으로 기록될 수 있는 무모한 여행이 누구에게나 필요한 건지도 모른다.

우리의 무모했던 여행은 어쩌다 보니 12년이나 되는 긴 사건이 돼버렸다. 그 시간 동안 이 책에 등장하는 스물세 명을 비롯해서 우리에게 영감을 준 인물들의 집을 지속적으로 방문했다. 우리가 두드렸던 그 문들이 우리에게 손에 잡히는 대답을 주지는 않았다. 그저 그곳을 찾아가는 두근거림과 공간이 주는 상상력 속에서 잠시 꿈꾸었을 뿐이다. 의미 없다고 할 수도 있다. 그러나 이제 남편과 아내는 간혹 길가에 피어 있던 풀 얘기도 하고 때로는 길에서 만났던 사람 얘기도 하면서 생활의 의무로 인해 딱딱해진 삶의 근육을 풀곤 한다. 그리고 방문길에서 그런 꿈을 꿀 수 있었던 서로를 뿌듯해한다.

어렸을 때 일이 하나 생각난다. 뜨거운 한여름 오후, 학교를 마치고 기찻길을 걸어 집으로 돌아가는 중이었다. 철로 밑에 깔린 돌들을 무심히 보며 걷고 있는데 '반짝!' 하고 빛이 나는 돌이 보였다. 어린 나는 그것이 혹시 금이나 은처럼 값나가는 보석이 아닐까 해서 주워왔는데 어머니가 그냥 평범한 돌이라고 해서 실망한 적이 있다. 그런데 이상하게도 그 반짝이는 돌이 맘에 들었다. 가치 있는 숫자로 환산할 수는 없지만 뒤집을 때마다 반짝반짝 소박한 빛을 뿜어내는 것이 아주 기특해 보였기 때문이다. 그래서 주머니 안에 넣고 한동안 버리지 못했다.

나는 종종 내 삶이 돌덩어리 같다고 불평한다. 쓸모없고 무겁고 툭하면 채이고…….

그런데 여행이 여기에 반짝이는 무언가를 입힌 것이다. 반짝! 반짝! 뒤척일 때마다 눈을 간지럽히는 작은 빛의 조각! 여행이 만들어준 소중한 추억들이다. 나의 못난 돌덩어리 같은 인생에도 자세히 들여다보면 오묘하게 반짝이는 빛이 생긴 것이다.

그렇다고 우리가 이제 '멋지게 산다는 것'이 무엇인지 알아낸 것은 아니다. 이상하게 들리겠지만 '그 눈부신 스물세 명의 멋진 인생들'을 만난 후부터 반대로 더 이상 '멋지게 살고 싶다'는 생각을 하지 않게 되었다. 그래서인지 '멋지지 않다'고 스스로의 삶을 깎아내리는 것도 멈추게 되었다. 또한 '멋진 인생을 만들기' 위해 실행하지도 못할 거면서 거창한 계획을 세우던 습관도 잊어버렸다.

오로지 남편은 노래했고, 아내는 그림을 그렸다.

우리는 그렇게 '멋질 것도 없는' 노래를 부르고 그림을 그리면서 기쁨으로 반짝였다. 이 책은 바로 그 시간들에 대한 기록이다.

마지막까지 읽어주는 것으로 우리 여행을 완성해주신 당신께 진심으로 감사드린다.

부록

펀던 블루 플라그 안내 지도

일러두기

1. 잉글리시 헤리티지에 따르면, 블루 플라크는
– 죽은 지 20년이 지나거나, 태어난 지 100년이 지난 사람들이어야 한다.
– 같은 직종에 종사하고 있는 대다수 사람들로부터 저명하다는 인정을 받아야 하며 인류
의 복지와 행복에 탁월한 기여를 한 자들이어야 한다.
– 반드시 해당되는 사람이 살았거나 일했던 건물에 붙어진다.
– 선정은 사회 각 성원들의 추천으로 시작되며, 잉글리시 헤리티지에 속한 이하기들의 조
사, 그리고 9명으로 구성된 심사위원들의 최종 승인을 받는 과정을 거친다. 기간은 보통 3년
정도 걸리며, 승인되지 못한 경우에는 10년이 지난 이후에 다시 신청할 수 있다.

2. 잉글리시 헤리티지에서는 1998년부터 전국에 걸친 블루 플라크 제도를 시행하였으나,
2005년 중단된 이후에는 런던 이외의 지역에는 직접 붙이지는 않고 조언만 제공하고 있다.
(지역은 지역 자체적으로 진행).

3. 블루 플라크에 영감을 받은 미국, 프랑스, 이탈리아, 노르웨이, 아일랜드, 오스트레일리
아 등에서도 블루 플라크 (또는 비슷한 형태의) 제도를 시행하고 있다.

4. 부록 '런던 블루 플라크 안내 지도'는 이 책에 나오는 23명의 인물들의 집 위치를 표시해
둔 것이다. 880여 개 블루 플라크에 대한 전체 정보를 알고 싶다면, http://www.english-heritage.
org.uk/visit/blue-plaques/ 또는 http://openplaques.org/places/gb/areas/london을 참조하기 바란다. 이
책에 등장하는 23명의 블루 플라크가 붙은 집의 주소 및 플라크 넘버는 http://openplaques.
org/places/gb/areas/london을 기준으로 하였다.

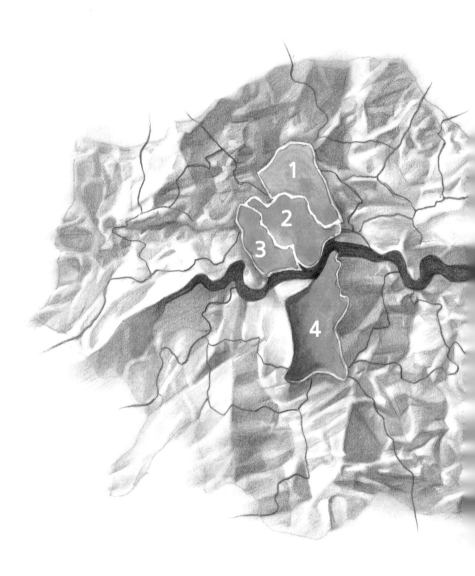

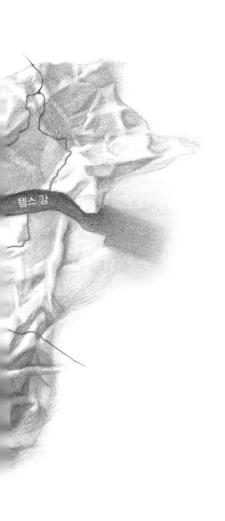

템스강

1. 캠던 런던 자치구 London Borough of Camden

2. 시티 오브 웨스트민스터 City of Westminster

3. 켄싱턴 & 첼시 왕립 자치구 Royal Borough of Kensington and Chelsea

4. 램버스 런던 자치구 London Borough of Lambeth

1. 버지니아 울프
2. 퍼시 & 메리 셸리
3. 찰스 디킨스
4. 아르튀르 랭보
5. 에이미 와인하우스

6. 딜런 토머스
7. W. B. 예이츠 & 실비아 플라스
8. 존 키츠
9. D. H. 로렌스
10. 로버트 루이스 스티븐슨

캠던 런던 자치구

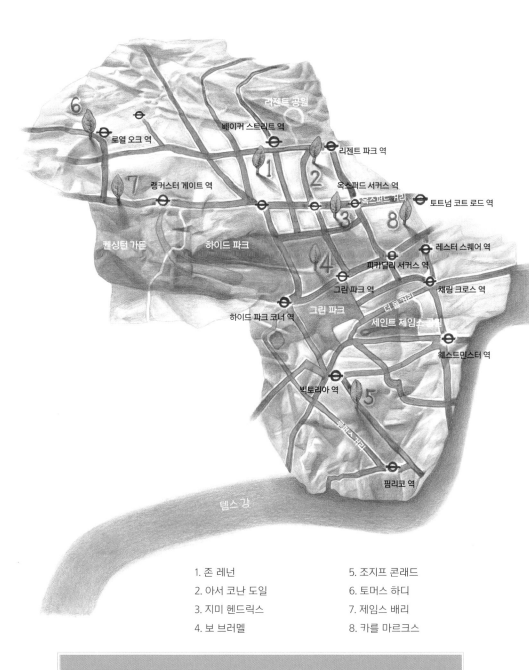

6

로열 오크 역

베이커 스트리트 역

1

2

리젠트 파크 역

7

랭커스터 게이트 역

옥스퍼드 서커스 역

옥스퍼드 거리

토트넘 코트 로드 역

3

8

켄싱턴 가든

하이드 파크

레스터 스퀘어 역

4

피카딜리 서커스 역

채링 크로스 역

그린 파크 역

하이드 파크 코너 역

그린 파크

더 몰 거리

세인트 제임스 공원

웨스트민스터 역

빅토리아 역

5

펌리코 역

템스 강

1. 존 레넌   5. 조지프 콘래드

2. 아서 코난 도일   6. 토머스 하디

3. 지미 헨드릭스   7. 제임스 배리

4. 보 브러멜   8. 카를 마르크스

시티 오브 웨스트민스터

하이 스트리트 켄싱턴 역

나이츠 브리지 역

3

4

글로스터 로드 역

얼스 코트 역

2

사우스 켄싱턴 역

1

슬론 스퀘어 역

킹스 로드

템스 강

1. 브램 스토커
2. 애거서 크리스티
3. 프레디 머큐리
4. 알프레드 히치콕

켄싱턴 & 첼시 왕립 자치구

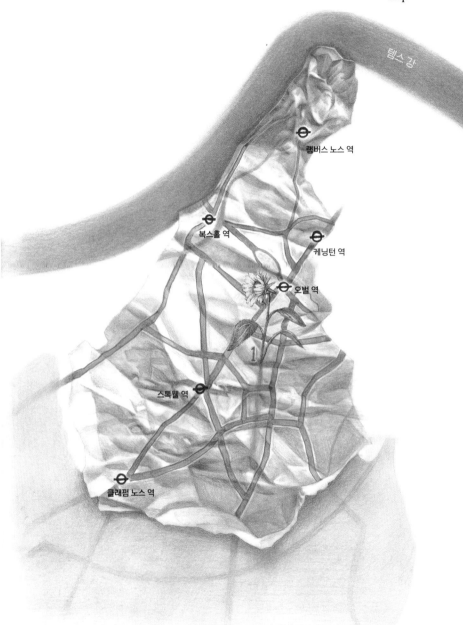

템스 강

램버스 노스 역

복스홀 역

케닝턴 역

오벌 역

스톡웰 역

클래펌 노스 역

1. 빈센트 반 고흐

램버스 런던 자치구

블루 플라크, 스물세 번의 노크
―어느 예술가 부부의 아주 특별한 런던 산책

2015년 11월 12일 초판 1쇄 찍음
2015년 11월 20일 초판 1쇄 펴냄

지은이   송정임, 김종관
그린이   송정임

펴낸이   정종주
편집주간   박윤선
편집   여임동 장미연
마케팅   김창덕

펴낸곳   도서출판 뿌리와이파리
등록번호   제10-2201호(2001년 8월 21일)
주소   서울시 마포구 월드컵로 128-4 2층
전화   02)324-2142-3
전송   02)324-2150
전자우편   puripari@hanmail.net

디자인   정은경디자인
종이   화인페이퍼
인쇄 및 제본   영신사
라미네이팅   금성산업

값 15,000원
ISBN 978-89-6462-063-2 03810

이 도서의 국립중앙도서관 출판예정도서목록(CIP)은 서지정보유통지원시스템 홈페이지
(http://seoji.nl.go.kr)와 국가자료공동목록시스템(http://www.nl.go.kr/kolisnet)에서 이용하실 수
있습니다.(CIP 제어번호: CIP2015030406)